双子座文丛
高兴——主编

Wudao yu Wuzhe
舞蹈与舞者

裘小龙——著/译

漓江出版社

图书在版编目（CIP）数据

舞蹈与舞者 / 裘小龙著、译，高兴主编 . -- 桂林：漓江出版社，2019.4
（双子座文丛·第二辑）
ISBN 978-7-5407-8537-6

I. ①舞… II. ①裘… ②高… III. ①诗集 – 世界 IV. ① I12

中国版本图书馆 CIP 数据核字 (2018) 第 232273 号

WUDAO YU WUZHE
舞蹈与舞者
裘小龙　著 / 译

出 版 人：刘迪才
出 品 人：张谦
责任编辑：张谦
助理编辑：辛丽芳
书籍设计：石绍康
责任监印：张璐

漓江出版社有限公司出版发行
广西桂林市南环路 22 号　邮编：541002
发行电话：010-85893190　0773-2583322
传真：010-85890870-814　0773-2582200
邮购热线：0773-2583322
电子信箱：ljcbs@163.com
网址：http://www.lijiangbook.com
三河市西华印务有限公司
[河北省三河市泃阳镇化甲屯小学东　邮编：065299]
开本：880mm×1230mm　1/32
印张：7.25　字数：156 千字
2019 年 4 月第 1 版　2019 年 4 月第 1 次印刷
ISBN 978-7-5407-8537-6
定价：42.00 元

漓江版图书：版权所有，侵权必究
漓江版图书：如有印装问题，可随时与工厂调换

"双子座文丛"出版说明

　　文坛写书者多，译书者也不少，但著译俱佳的不多见。创作与翻译并举，在世界文学史和民国以来的汉语文学界均有详例，一批人中佼佼在创作大量优秀文学作品的同时，还向国内读者译介了诸多外国作家的作品，既是传统文化的传承者，又是异域文化的绍介者。出版"双子座文丛"目的之一，就是努力在这方面进行发现和总结。双子座，取意"著译两栖，跨界中西"，丛书第二辑收入的几位作家，除了领衔的冯至先生文章千古，彪炳后世，其余诸公，在文学创作领域多有建树，文学翻译水平亦为译坛认可。丛书的宗旨是诗人写诗、译诗，散文家写散文、译散文，小说家写小说、译小说，角度新颖独特，为国内首创。由于篇幅所限，本丛书只收精短作品和译品。

漓江出版社中外文学编辑部

裘小龙（2012，巴黎）

与杨宪益先生合影(2008,北京)

与金庸先生合影（2007, 香港）

与妻子合影（2017，加勒比海）[上]
与妻子合影（2016，纽约）[下]

新书发布（2014,法国）［上］
新书发布（2016,意大利）［下］

目录

总序　时光深处的矿藏 / 高兴 001

舞蹈与舞者
——裘小龙诗选

写在中国

现象学的本体论 / 005

赠陆灏 / 006

八年以前 / 007

卖冰棍的老女人 / 008

今天 / 009

骊歌 / 010

父亲 / 014

旅途 / 015

怪兽滴水嘴 / 017

月亮上的砍伐者 / 019

爱情故事 / 021

消失 / 022

在阁楼上 / 023

妻子 / 024

等待 / 025

山山水水 / 026

合理化 / 028

送别 / 030

旧元夜思人 / 031

三重唱 / 032

分手的决定 / 036

木樨露桥 / 038

解释 / 040

怀上我的夜晚 / 042

写在美国

写在异国的诗行（两首）/ 047

夜话 / 050

生日 / 052

时间的鸟 / 053

诗学 / 056

给读拉康的友人 / 057

猫 / 058

雪人 / 061

秋夜 / 062

我诗歌的组成部分 / 063

送元鹿君不成 / 066

给香香（两首）/ 067

哈姆雷特 / 071

红旗袍 / 072

禅 / 073

答友人 / 074

回旋曲 / 075

堂吉诃德 / 077

在伦敦不遇 / 079

舞蹈与舞者 / 080

这就是我 / 081

诗 / 083

中美之间

李商隐的英文文本（两首）/ 087

别王昌龄 / 091

干杯，李白 / 092

雨夜读李商隐 / 093

偶然想到薛涛 / 094

读报的修车匠 / 095

时代的破鞋 / 096

驯鸟大师 / 098

断章：戏仿卞之琳先生 / 100

街边牌局 / 101

东方主义的菜谱 / 102

诗人的传说 / 104

地铁车站
——裘小龙译诗选

[英国]马修·阿诺德

多弗海滩 / 110

[爱尔兰]W.B.叶芝

我的书本去的地方 / 114

走过柳园 / 115

茵尼斯弗利岛 / 116

"伶人女皇"中的一支歌 / 117

一件外衣 / 119

接着怎样 / 120

第二次来临 / 122

三个运动 / 124

丽达与天鹅 / 125

当你老了 / 126

柯尔庄园的天鹅 / 127

[美国]埃兹拉·庞德

刘彻／130

仿屈原／131

阿尔巴／132

一个姑娘／133

题扇诗：给她的帝王／134

地铁车站／135

河商的妻子：一封信／136

[英国]T.S.艾略特

杰·阿尔弗莱特·普鲁弗洛克的情歌／140

一个哭泣的年轻姑娘／149

空心人（1925）／151

玛丽娜／157

给我妻子的献词／160

高女郎与我一起玩／161

[英国] W.H. 奥顿

艺术馆 / 164

怀念叶芝 / 166

法律，像爱情 / 171

[英国] 路易斯·麦克尼斯

花园中的阳光 / 176

雪 / 178

爱情静静地悬着 / 179

[英国] 狄兰·托马斯

死亡将不会战胜 / 182

那经过绿色的茎催动花朵的力量 / 184

不要温和地走进那美好的夜晚 / 186

[英国] 菲利普·拉金

日子 / 190

写在一位年轻女士影集上的诗行 / 191

救护车 / 194

[美国] 摩娜·凡丹
给朱利亚·李·裘 / 198

后记 / 203

※ 总序 ※

时光深处的矿藏

高兴

  时光流逝,越来越容易陷入怀旧了。是老年的迹象在显露吗?我生出警觉,却也无可奈何。思绪常常转向并停留于上世纪八十年代,久久地,久久地,以至于间或会闪过一缕幻觉,仿佛重又置身于那个年代。回头想想,那真是金子般的年代:单纯,开放,真实,自由,充满激情和希冀,个性空间渐渐扩展,就连空气中都能感觉到一种积极向上的氛围,闪烁着理想主义和浪漫主义的光芒。

  那时,整个社会都在倡导读书,鼓励思考、创造和讨论,号召勇攀科学高峰。我个人真正的阅读正是从那时,也就是从大学开始的。大学学习,紧张,而又充实。我们那批学生都异常用功,都有着明确和持久的动力和目标。在紧张学业的空隙,阅读,成为调剂和滋润,也有提高修养的意图。吸氧般地读。如痴如醉地读。杂乱无章地读。马不停蹄地读。总体上,诗歌作品读得多些,外国作品读得多些。那时,如果有某部作品,尤其是外国作品即将问世，消息会不胫而走，我们会连夜赶到王府井书店排队，就为了能购得自己渴盼的书籍。漓江出版社的《西方爱情诗选》就是以如此方式终于被我捧在手中的。还清楚地记得那是个小开本，轻盈的样子，不到三百页，定价为八毛钱，发行量竟达到了几十万册。于我，那可是本珍贵而亲爱的书，几乎伴我度过了青春时期最美好的时光。

阅读过程中发现，中国文坛上有一类特别的人，一类似乎散发着异样光芒和特殊魅力的人。他们既是优秀的作家，同时又是出色的译家。而作家和译家的双重身份让他们的文学天地变得更加开阔，更加悠远和迷人，也更加引人注目。鲁迅，周瘦鹃，周作人，茅盾，沈泽民，胡愈之，朱湘，赵景深，林语堂，戴望舒，朱光潜，郑振铎，冰心，巴金，穆旦（查良铮），朱生豪，丰子恺，楼适夷，朱雯，施蛰存，李健吾，冯至，卞之琳，徐迟，季羡林，陈敬容，萧乾，袁可嘉，杨绛……都是这样的人。那是一份长长的名单，也是一份闪光的名单，构成中国现当代文学史上一个又一个独特的存在。谈到穆旦（查良铮）先生，我们既会想起他无数的诗篇，也会想到他众多的译诗；谈到李健吾先生，我们既会想起他创作的长篇《心病》，也会想起他翻译的长篇《包法利夫人》；谈到戴望舒先生，我们既会想起他写的那首《雨巷》，也会想起他译的洛尔迦的《海水谣》；谈到冯至，我们既会想起他自己的诗句"我的寂寞是一条蛇"，也会想起他译的里尔克的诗句"谁这时孤独，就永远孤独"。同样，当我们读到卞之琳先生的《断章》，杨绛先生的《洗澡》，陈敬容先生的《老去的是时间》等作家作品时，也绝对会自然而然地想到《英国诗选》《堂吉诃德》《图像与花朵》等翻译作品。于他们，文学写作和文学翻译，既各自独立，又相互补充和丰富，最终融为一体，成为最完整意义上的创作。他们的贡献是双重的,有着特殊的意义和价值。他们的孤独也是双重的,是孤独与孤独的拥抱、互勉和团结。他们照亮了孤独,孤独反过来又照亮了他们。

有时,很难说他们的文学写作和文学翻译,孰轻孰重。特殊的历史缘由,中国现当代文学史中曾出现过断裂,甚至空白。恰恰就是在几个关键的时刻,他们的贡献和意义突显。远的不说,就说上世纪五十年代,正当百事待兴之时,当卞之琳将莎士比亚,陈敬容将波德莱尔,徐迟将惠特曼,萧乾将哈谢克用汉语呈现出来时,会在中国读者心中造成怎样的冲击和感动。同样,上世纪七十年代末,当人们刚刚经历荒芜和荒诞的十年,猛然读到李文俊翻译的卡夫卡,李野光翻译的埃利蒂斯,袁可嘉翻译的叶芝,王佐良和郑敏先后翻译的勃莱,会感到多么的惊喜,多么的大开眼界。那既是审美的,更是心灵的,会直接或间接滋润、丰富和影响人的生活,会直接或间接打开写作者的心智。时隔那么多年,北岛、多多、柏桦、郁郁等诗人依然会想起第一次读到陈敬容译的波德莱尔诗歌时的激动,莫言、马原、阎连科、宁肯等小说家依然会想起第一次读到李文俊译的卡夫卡《变形记》时的震撼。我曾在不同场合说过,文学翻译曾引领不少中国作家走过了一段必要的路程。没有读到福克纳和马尔克斯,很难想象莫言的写作会走向哪条路数。没有读到转化成汉语的外国诗歌,同样很难想象北岛多多们会成为什么样子。

这些有着异样光芒和特殊魅力的前辈甚至影响了我的人生走向。我在大学学习罗马尼亚语。小语种,人才稀缺,原本有着众多的选择。但我毕业后,没去外交部,也没去经贸部,而是来到《世界文学》编辑部工作。当然是我自觉的选择。当然出于文学热爱,或者说是前辈影响的结果。从小就在邻居家里见过《世界文学》这份杂志，三十二开，不同于其他杂志，更像一本书，有好看的木刻和插图。早就知道它的历史和传统，也明白它的文学地位和影响。有很长一段时间，我索性称它为鲁迅和茅盾的杂志。不少名作都是在这份杂志上首先读到的。以前绝没有想到，有一天，自己竟然也能成为《世界文学》编辑队伍中的一员。我曾在一篇文章中描述过当时的激动和自豪：

> 我所景仰的冯至先生、卞之琳先生、季羡林先生、戈宝权先生等文学前辈都是《世界文学》的编委。这让我感到自豪。记得刚上班不久，高莽主编曾带我去看望冯至、卞之琳、戈宝权等老先生。在这些老先生面前，我都不敢随便说话，总怕话会说得过于幼稚，不够文学，不够水平，只好安静地在一旁听着，用沉默和微笑表达我的敬意。冯先生有大家风范，声音洪亮，不管说什么，都能牢牢抓住你的目光。戈先生特别热情，随和，让人感觉如沐春风。卞先生说话声音很柔，很轻，像极了自言自语，但口音很重，我基本上听不懂，心里甚至好奇：如果让卞先生自己朗诵他的《断章》，会是什么样的味道？

供职于《世界文学》之后，一直在苦苦寻觅理想译者。在我看来，理想译者就是有扎实的外文和中文功底，有厚重的文学修养和高度的艺术敏感，有知识面，有悟性、才情和灵气，同时又对文学翻译怀有热爱和敬畏之情的译者。最最理想的译者就是那些既有翻译实力，又有写作才华的译者。他们是译者中的译者。我因此满怀敬意和感恩，一次再一次地想到查良铮、李健吾、冯至、丰子恺、卞之琳、陈敬容、袁可嘉、杨绛、高莽、屠岸等先贤。

令人欣喜的是，这些先贤开创的传统得到了继承和延续。我因此满怀喜悦和欣赏，不禁又想到了西川、姚风、黄灿然、沈东子、李笠、汪剑钊、程巍、树才、田原、袁伟、石一枫等同道。而作为写作者，这些先贤和同道显然又更加开明，开阔，先进，智慧，无拘无束，同时个性十足。

这些特殊的人已然形成了一座座特殊的富矿。该如何从诗意和学术的高度来发掘和开采这一座座的富矿？漓江出版社"双子座文丛"对此有着美好的意图：

> 文坛写书者多，译书者也不少，但著译俱佳的不多见。创作与翻译并举，在世界文学史和民国以来的汉语文学界均有详例，一批人中佼佼在创作大量优秀文学作品的同时，还向国内读者译介了诸多外国作家的作品，既是传统文化的传承者，又是异域文化的绍介者。出版"双子座文丛"目的之一，就是努力在这方面进行发现和总结。双子座，取意"著译两栖，跨界中西"。

此外，我还想特别说的是，这套文丛更是一套致敬之书、期待之书，致敬已然属于"双子座"的前辈，期待正在走近或即将走向"双子座"的同道与后生。

2018 年 5 月 3 日于北京

舞蹈与舞者
——裘小龙诗选

写在中国 → → → → → → → → →

现象学的本体论

我不愿成为你手指上玲珑的钥匙圈
或你倚靠的黑曜石,狂想海藻沾满
于是你在我眼里生成了精致的花瓶
在你的唇中我插满了选择的康乃馨

一个早晨我突然发现自己化成了水
没有动作,没有思维,也没有语言
仅仅是因为你纤秀的脖子,才获得
我自己想象的色彩以及存在的形体

已经有味了也不知道换一换,你讲
在梦里,你梦到原野,我梦到海洋

赠陆灏

在宋时的石桥上,
在唐时的月光下,
我们就要分别,
像桃花消失于折起的扇,
像乌鸦翅膀驮着暮色西沉,
像细草在陌生的一曲中晕眩。

蚊子的泡沫
破裂在绿色的水面。

八年以前

那年一月的清晨,
我在你黑发披肩的
白雪世界中醒来,
猫头鹰在小闹钟中
眨着绿色的眼睛,
蓝鹈鸟在海报里
掠起阳光。一句话
从你的唇间蹦出,
天色破晓。

要来的
总是要来的。

一句话像一只鸟,
栖息片刻,又飞去。

卖冰棍的老女人

在滑轮车上高声叫卖冬天
那件补了又补的破棉袄下
她粗糙的手像埋在雪中的
希望,抽出郁葱葱的枝条
似乎要为炎热做冰冷伪证
孩子们的欢笑落进她身边
盛满了亮铿铿分币的铁罐

我必须是卖冰棍的老女人
才能够感觉到依然酷热的
黄昏一张张地从身上剥落
扔进路旁的废纸篓,然后
推着滑轮车独自走入黑暗

今 天*

不仅仅因为昨天冰封的记忆，
不仅仅因为明天含苞的期冀，
我们才这样热爱你呵，今天。
因为除了今天，生活还在哪里？

不爱你，一意耽于昨天的幻灭，
生活只是一声叹息——犹在梦里，
不爱你，只愿坐等明天的出现，
生活只是一个呵欠——进入梦里。

---

* 这首诗最初发表于《诗刊》，后来由美国诗人斯蒂芬·斯彭德收入了他《中国日记》一书，因为我是在《诗刊》编辑部与他会面时，朗读了这首诗，但他当时记录下的文字稍有差异。

骊　歌

1
你只是微笑着说
午夜的汽笛有多么迷人
多么神秘,于是窗扉
打开,混沌的潮水
一下子卷走了你
手中的白色书页

2
不,我不能原谅你
在罂粟花燃烧的陶醉里
在苔藓凉透了的阴影里
你忘了我们一起伫立
在木樨路桥上的
夜晚,万家灯火闪烁
在远方,在你的网膜上
汇成一个新时代的乐谱
你手中的烟卷划出
都市不眠的旋律
于是你不再属于

一个时间,一个地点
也不属于你自己

3
此刻,渡轮依然
在变幻着霓虹图案的
江面上穿梭不停
黑黝黝的水手一次
又一次地解开
系在缆桩上的粗绳索
船总是这样拥挤水总是
这样湍急铃总是这样匆促
人总是这样走向目的
接着又走向一个新的
目的,到了彼岸
再回过头去看
一个曾熟悉
但又陌生了的彼岸

4
哦你应该还伫立在这里
紧紧握住船首的栏杆
因为波浪永远在开始
无数次地重新开始

在一片崭新的土地上
金灿灿的阳光明媚
空气中充满了柠檬芳香
在清澈的湖水映照中
你会找到你自己

5
风雨中的桅杆划过窗子
我仿佛在闪电中又看到你
在偶然的礁石堆中
探出布满伤痕的身子
你的嘴唇沾满了海藻
依然在无声嚅动——

6
我理解，我理解
但说到底，一个人
只是自己所做选择的
总和，至于其他的
至多向其他人提供
廉价的叹息

挂历上又翩翩飞出
一只洁白的海鸥
祈愿——昨夜，风露

中宵，不再梦到惨白的
牡蛎隐埋于黯黑的
岩石中的存在

7
(你在哪里——当黎明
涂得殷红的指甲
轻弹着窗子，咖啡与
面包进入正醒来的
意识，门打开了，微笑般
迎来鲜花以及报纸

我将在电话上学你的声音说
"我就是。")

父 亲

父亲集邮,把黑夜和白天
剪成一小块、一小片,
浸入水盆,映着一朵朵
灿烂的云彩,再捞起晾干
在门上、窗玻璃上、镜子上。
他的眼睛,两张邮票,
一只白信封,他的脸,
整个世界,收藏的理念——

于是,把我也扔进邮箱,
寄往一个遥远、虚构的地址,
为了退回时盖的首日戳。
时值寒冬,雪花翩翩着
神秘的信息,鸿雁的
足迹消逝了,在白皑皑的
茫然中,邮差冻僵的手,
没按原址把信退回——
我产生于错误的偶然。

旅　途

当列车渐渐降速，
你轻轻读出刚出现的
月台名，仿佛要重新定位
自己，身旁是一成不变的
过道，还有在其中不停变化、
移动中的脚——黑色的船鞋、
古老的木屐、亮铮铮的高跟
皮靴、沾满泥的凉拖鞋……

终点，不可能
在你摊开的地图上，
或在打了孔的车票中。
到达了，终点，
又得重新定义。
旅客抖落来时的
一身尘土，迈向
新的起点。这里，
永远不是你要去的那里。

傍晚开始下雪了。

车窗上灯光依稀闪烁，
角落里，一只苍蝇
在玻璃上不停转圈——
你举起手，就嗡嗡飞走——
却又固执地嗡嗡飞回
原来的角落，无可理喻。
像一支几乎遗忘了的曲子
还在传出革命的遥远回声。

一夜过去，白茫茫的
雪掩埋了一切。你向窗子
使劲哈气，却看见车窗框着
你自己——始终转回来的
映象——一只顽固的苍蝇。

怪兽滴水嘴

静静的,是景山公园的
山坡,是身后的
紫禁城,是我们携手
坐在一块岩石上,
任暮色在古老宫殿的
彩釉飞檐上延伸。在我们
下面,一波又一波的
公交车辆来来回回行驶,
许多年前,这里据说
还真是一条护城河。

那静静的傍晚,我们用中文,
又用正在学的英文,相互
说着年轻的梦想。一旁,
那曾追随慈禧太后身后的铜鹤
依然还伸长脖子。你说
昨夜你梦见我们都成了
紫禁城中的怪兽滴水嘴,
风露中宵,絮絮说我们自己
才能理解的一切。黄昏披上了

薄雾，在拐弯处，那株枯树
悄然现身，悬挂一块牌子，
"明崇祯皇帝自缢于此。"
哆嗦着，我又想起父亲
在"文革"中挨批时挂上脖子的
那块黑板。风起了，我们
走出公园，就此分手。

此刻，怪兽滴水嘴又开始
在这里叨叨吐水，依然
说着今天也难以理解
昨天的点滴回忆。

月亮上的砍伐者

按照一个古老的神话传说，吴刚被罚在月亮上砍一棵桂花树，但每一次树快要给伐倒时，却又会毫无损伤地重新竖起，于是他只能一遍遍砍伐下去。

在地球冷冷的眼睛中，
我就是荒诞：
着了魔似的抡起斧子，
砍着黑夜砍着白天，
伐着成千上万年，
砍伐着无穷无尽的真实与虚幻……
哦多少次多少次多少次了。
掉下的树叶堆积起来，
像越来越厚的历史书，
泛黄的木屑堵住鼻孔和口腔，
几乎再也不能让我呼吸。

在月球上稀薄的空气中
充满恐惧的痉挛，想躲避
无可躲避的致命一击，

树干上砍出的那深深口子
终于要发出最后的一声
巨响,就像要出自我自己的
口中,但在这永远无法解释的
一刹那,摇摇欲坠的大树猛一下
又挺直了的身子,郁郁葱葱,
毫无损伤,绿油油的枝条
又划出了嘲笑,只砍下一些
碎碎屑屑还在我的鼻孔
留下过敏的症状

星星在远远地眨着白眼。

但我还是得重重抡起斧子
砍下失望砍下绝望
我的胡子像一道激情的
黑色瀑布泻入这暗黄的尘土,
只是在这不停的砍伐声中,
我才意识到自己存在,
还在向荒谬挥动着斧子,
属于一个不属于自己的传说。

爱情故事

    后来,
这就成了一本
他随时随地都能
翻开、又合起的书,
封面已撕了一半,
好多页都卷起了角,
还有一两页沾上了果酱渍,
斑斑点点,紫黝黝可疑,
所有的页面上都给画了线,
让记号笔重重打了标记,
一道蓝、一道黑,像鞭痕
累累,空白处留一行
又一行潦草的字迹,
接着涂去,第二天清晨,
其中的意思,他自己
也搞不清楚……
    反正,
这是他的书——
讲着关于他的爱情故事。

消　失

那个早晨，透过你瀑布般
倾泻在我前面的长发，
我依稀看到一幅清代山水，
在云中，山几乎消失了，
云，再看时，似也开始
在山中消失，在画轴底部，
一个小得几乎分辨不出的
老人正忘情山水。"你必须
失去自己，"我说，"然后
才有希望融入画中。""消失中，
也许有一个新的我，"
你撩起长发说，"像昨夜。"

在阁楼上

午夜,我打开小录音机,
汽笛在远方响起……

我削着苹果,窗玻璃虚映
坠落与引力的概念。

世界比我们想象的更突然,
在刀子下,在键钮上。

维纳斯捧出的镀金
座钟已悄然停了。

夸父,仍然渴得冒烟,
在剥落的墙纸中追逐太阳。

妻 子

擦着,磨着,
你几乎快把自己
磨擦得所剩无几了——
一片旧砂皮纸。

熠熠闪亮,我避开
你唇间的铁锈。

等 待

雨，把你散披的长发
淋湿了，披在你制服的
肩上，似也映得绿了——
"信来了！"你举起手，
邮件探进邻居的窗子中，
像春天绽放的洁白花瓣……

从这些敞开的窗子里，
笑声飞出，栖落在你肩头，
啄食你指尖送出的
蓝莓似的信息，接着你走过
我的窗户，一如往常，
头低垂着，手插在袋中。

山山水水

(卞之琳先生赠《山山水水》有感)

一页页都翻过去了,
只剩下书桌依旧陪伴,
空烟盒在桌上堆成小山,
这一抹黄,这一带绿,
这一角生气烂漫,这一片
伤心徒然,你径自喃喃
说着,像流水潺潺,
流过了多少时间,
时急时缓——

许是太累了吧,
山弓起了背蹲在天边,
水声歇了,再勾不起悲欢,
哦这一路的水水山山,
长亭接着短亭,
只意味着又得上路的地点。
雁群似乎写出了人字,

接着散去,在寂寥的蓝天。

雁还是前度的雁吗?
疲倦的过客无言。

合理化

最终，枯萎的老树成了
白蚁的理念，也使
啄木鸟喋喋不休的噪音
有理，在幽暗的林子里，
惧内的猎人转着圈，
举起了猎枪——

　　　　　不远处，
她正与我讨论政治
逻辑，她白玉般的肩膀
在我手心中暖洋洋
波动，像记忆的涟漪。
"做你想要做的任何事，
做了，你总能把结果
合理化。"一只红苹果
滚出野餐篮，滚入草地。
遥远的兰舟依稀送来
一曲古琵琶的断章。
她的长发像瀑布一般

倾泻，我淹没了，
只是偶然还闻到自己
烤焦了的肋骨味儿。

送　别

你走了
也真走了
独自走入了
无穷无尽的暮色

我只能是个稻草人
在荒芜、死寂的田野上
听寒冷的风一阵阵呼啸
却依然不假思索地
把手中的破扇子轻摇
真有那么一回事儿地
手舞足蹈

乌鸦处处
飞落黑色的恐怖

旧元夜思人

掀帏遥望,灯下的窗玻璃
是一面镜子,难堪孤独的自鉴;
但转身,心中更大的空白
成了另一面镜子,映你的愁眼。

摔停的表。时间的碎片
拒不让你进入我的梦魇。
我在月色里,月在你梦里,
天涯消失在他人的电视里。

三重唱

(一)
浸透雨水的稻草人，
太沉重了，甚至都无法
在风中摇晃。存在，
多少要有存在的模样：
塑料纽扣眼睛向前
凝视；胡萝卜鼻子
显得滑稽，让骡子啃了
一半；曾是多么精致的
小音乐盒，藏在你的嘴中，
还是给淋坏了，只能
一遍遍呼唤你见不到的
眼睛中的痛苦。

焚烧一张泛黄的合影，
喃喃自言自语，"过去的，
都过去了"，仿佛穿过
那死寂的林子，你要
为自己吹口哨壮胆。
我于是打开窗子

去拥抱阳光。

那一天,天下雨时,
我又成了你。

(二)
楼梯的旋转拖鞋的旋转胃纳的
旋转床垫的旋转……
只要能在旋转的晕眩中
忘却这所有一切。
我紧紧合起了眼睛,
怀中抱着的只能是你。

醉了的信天翁掠出
油画,把我掳向湛蓝、
神秘的海洋最深处。
哦珊瑚——曾是我眼睛
在你眼睛中的珊瑚。
没有你的呼吸,我怎能
感到沾满海藻的波浪
在我身子里升起又落下?

晚秋火红火红的林子,
黎明还是黄昏又吐血了。
你点燃一根蜡烛——

是不是又点燃了我?

说到底,除了解释
还就是解释,仅此而已。
枫叶飘落、燃烧
在稻草人的凝视里。

(三)
酒桶旁,贴着宣扬
中国传统美德的海报。

妻子,脸颊上还沾有
厨房的油污,微笑地
为客人剥橘子。"有
这么好的一个家,我
再不需要其他什么梦想。"

于是,我也融入海报中的
形象,一起点着头,
责任满怀,像饭店前
风吹雨淋的招牌:
"幸福家庭餐馆"。

我用油腻的抹布
抹去所有可能的记忆,

把浓油赤酱的幻想
从炒锅中热腾腾勺出,
一天,一天,接着又是一天——

生命就像塞着没塞紧的
酒瓶塞子,在这一丁点儿的
自由中挥发自我、沉默。
"小夜,"我说起了梦话,
妻子惊恐地转身,"宵夜?"

分手的决定

午夜,错过了最后一班
经过此地的公交车,你独自
步行回家。路上落叶窸窣
有声,仿佛在古老、荒芜的
寺院里,一个占卜筒中
正倒出竹签,黑黝黝地
不祥。你拐弯转进空寂的
菜市场,一长列空菜篮子——
不同的形状、质地、尺寸——
在悬挂"黄鱼"标志的
柜台前排起了长队。菜篮子
隔夜放在那里,代表着
天蒙蒙亮就要赶来的
妻子们——还有未来的
你,捡起菜篮,站入
队伍中的位置,依然
睡眼惺忪地梦想一家子
在餐桌上满意的笑容……

砰,砰,砰——

一个孤独的夜班工人,
棉大衣领子高竖
黑暗中,不见了脑袋,
在冰库前,一锤锤
砸着硬绷绷的冰鱼排。

    那夜
你怎样与他分手,已忘了。

木樨露桥*

护城河在木樨露桥下漾波
　　　我们的爱情
　　　还能追忆么
在痛苦后面也许会是欢乐

星光与钟声在波心荡漾
时间流逝我们成了雕像

我们就这样伫立风露中宵
　　　絮絮的是河
　　　默默的是桥
绝对的遥远是相对的萦绕

星光与钟声在波心荡漾
时间流逝我们成了雕像

昨天流逝了像是醉于水
　　　时间流逝了

---

* 这首诗是在北京一宾馆中,突然感受到一个法国诗人作品中音乐节奏感冲击,想模仿着探讨现代汉语诗歌中音乐节奏感的可能性而写成的。

　　　　幻想仍迂回
　　此刻正溶去古老的清辉

　　星光与钟声在波心荡漾
　　时间流逝我们成了雕像

　　我们依然抚着新漆的栏杆
　　　　雾起了静静
　　　　　驰出了视线
　　护城河在木樨露桥下流远

　　星光与钟声在波心荡漾
　　时间流逝我们成了雕像

解 释

离开了其他人的解释,
哪里还能找我们的意义?

在镜头里,我和你,
背倚老核桃树,伫立低语,
看孤零零的蝴蝶飞起,
像在古老的传说中逃离虚无。
只是在合适的光线中,
在合适的位置上,把自己
摆出一个个认可的姿势,
才能让人们发现所谓的
意义,就像啄木鸟
在枯树上啄出一声声
空洞、奇特的回响,
来证明自己的存在。

可我还是要给你捧出
那用词语编织成的花束,
在你的微笑中绽放,

然后枯萎，像海星干涸、
消失在拂晓的窗台上，只留下
可疑的水痕，让人们解释。

怀上我的夜晚

1952年的秋天,螃蟹正肥,
在小小的竹蒸笼中嫣红
嫣白,琥珀似的黄酒
烫得恰到好处,窗台上,
花瓶里的菊花已插了
两三天,显得清瘦不堪,
却残留着菊花的样子,
仿佛是从《红楼梦》中
撕下的一页插图,置错了
地方。父亲食完蟹黄,翻转
蟹肚脐——瞧,一个小和尚
端坐在他手掌中。只是,
没有客人想要听他的
古老故事。中国人民志愿军
英勇抗击美军,收音机中
传出播音员激昂的声音,
坑道战正打得艰苦卓绝……
从街的另一头又传来阵阵
锣鼓喧腾,庆祝"三反""五反"运动。

经营着一家香精厂的父亲，
最近刚勉强学会把自己
说成是一个"资本家"——
在阶级划分中打了黑叉的
新名词。客人们也大多一样，
心情沮丧，说不准这是
他们的最后一场蟹宴
（也许，明天他们中就有
一个会向政府报告）。乌龙
茶叶浮在杯中，黯黯
忧愁。客人们早早离去了。
母亲准备的姜丝调料
还留了大半。有几只蟹
都没取出蒸，在铺了芝麻的
木桶底上窸窣爬动。
父亲的蟹榔头高高举起，
却砸了拇指。母亲轻抚着
他下颌，小心地从他齿缝间
剔出蟹膏。他把她揽入怀中，
久久抱着。那晚，还真没什么
其他的事他们可做，
或可说。隔墙有耳。
暮色中，一片早坠的树叶。
他们上楼，进卧室做爱。
在事后的静谧中，他们

仿佛听到螃蟹在

黑暗中吐沫,轻轻

用蟹沫相互濡润对方。

.

写在美国 →　→→　　→　→　　　→→　　　→　　　→

写在异国的诗行（两首）

荠菜

"什么时候你才能回来？"

松鸦的蓝翅在阳光中闪烁。
窗外，一夜骤雨，小溪涨潮了。
春在荠菜花中姗姗来迟。
这里，荠菜只是野草，
在英文中字面意的直译是
"牧羊人的钱包花。"
我的美国邻居们都不知道
荠菜也能吃，还那么可口。
还记得逸文那些描写
激情"菜谱"的诗行吗？
他怎样在她的舌尖上
采撷鲜嫩的叶瓣，
在相互交融中品味
自己。月光如水，
汇在他们汗津津的脖子上……
但我没时间去采。妻子
要我修雨刷。

　　　　八千英里外,你的阁楼
在晨雨中又漏了。

电话
一只盖上了邮戳的
凤凰的可能性。最难想象的
是想当然。举例说,现在
在这里打电话,只是
按一通号码,在自己的桌上
或别人的床上。但在上海,
在那遥远的星期天早晨,
我们得绕半个公共电话亭
排长队等。阳光静静
投射着耐心,墙缝里
长出了好奇的菌菇。你
开始谈存在主义:人
只是自己所做的选择
总和。我同意,与你拟定
晚上在阁楼里请客的名单。
终于轮到你了。对方电话亭占线。
你试了两三次。排你后面的
队伍折成了抗议的惊叹号。
你只能拨另一个号。通了。
另一个——今天是你贤惠的
妻子,那晚冒雨前来,登上

阁楼,她赤裸的胳臂
紧抱你最喜欢的
凯司令奶油栗子蛋糕,
她乌黑长发湿漉漉披肩——
　　　　　　　　请问她好。

夜 话

牛奶咖啡冷了,
方糖堆积起的建筑
也已崩溃,奶油花蕾
在切碎的蛋糕上,依然
梦想着完美。刀搁置一旁,
像一条注解。据说,
有些人能在猫眼睛的
色彩变化中辨认时间,
但你无能为力。
岁月的疑虑,经历了
多少个世纪,沉淀
于你的琥珀杯。

霓虹灯变幻不停,
壁画中的维吾尔姑娘
怀抱沉甸甸的葡萄,仿佛
正向你走来,脚镯子闪烁,
步履轻盈,如夏日的晚风
拂过感激的泪水。

语言中的世界
比这个世界的一切
都来得更突然。
魔方在你手中转出,
偶然的结果,就像任何
的结果,在必然的
意义上,成了历史。

头脑的广场已经清场,
只有时代的捡破烂者
在一旁走过,趿着昨天的
破皮鞋,把每一分钟
留下的垃圾扔进
她背上的筐子。

生　日

三点半,一只狗吠叫不停,
月华如水,洗白了夜空。

是狗吵醒了我的梦,
还是我梦到了这一切?

时间的鸟

我们那时年轻。完事后,
匆匆淋了浴,你长发还是
湿漉漉的,就拖着我
去逛上海第一百货商店。
在玩具柜台,你拧紧
发条,一只长毛绒
小鸭开始摇摇摆摆地走,
嘎嘎叫,"每一次,你
都得为我买一只毛茸茸的
小东西,一年时间,
就会有满房间的小傻瓜。"
这确实够傻,你咯咯笑了。
但那时还有许多其他的事
更可笑,如拐角处通宵排着
考托福的长队,在袭来的
阵雨中,扭成了问号;
如路边小吃店中的
那老服务员,白发冲冠,
怒视我们在一碗光面上
亲吻,如艾略特所说,

四月是最残忍的季节……
现在是四月,风信子花
怒放在你赤裸的臂膀,
在霓虹灯的变幻里,就像
世界在我们的诗中——

　　　　　　然后,
是分别,是惊讶的重聚
在异国,是再不感到惊讶的
分别……时间悄悄飞去,
许久后,你的声音才
偶然掠回,在深夜的
越洋电话中,依然亲切、
熟悉,越过了多少里路的
云和月,充满旅途疲惫,
"现在,我在风险投资银行
每谈成一桩生意,就会给自己
存一笔款子,在多伦多,
香港,墨尔本,或东京……
我刚买了一栋波士顿的别墅,
俯瞰白天鹅盘旋的湖面。
还记不记得——两个学文学的
穷学生,那年在上海的
街头小吃店,穷得
都买不起一份烤鸭面?"

深夜,我望出长窗,
屋后的小溪在惊讶的
月光下干涸了,骷髅般惨白,
没有一只鸟在那里栖息。

诗 学

（给诗人 M.L. 罗森塔尔[①]）

无论这是什么，
都必须有驴子一般的
愚蠢，黑布蒙住了眼，
肩负着卸不下的重压，
绕着磨盘不停地打转。

无论这是什么，
磨盘磨出的，都进不了
扎口罩的嘴；当蒙眼的
黑布取走时，存在只是
在于一根胡萝卜的欺骗。

[①] M.L. 罗森塔尔（1917—1996），美国现代著名诗人与批评家。

给读拉康的友人

书签把你插在
你想遗忘的书页间。

什么都可以想象,
但不一定都是想当然。

窗外,你看到
一顶白桐油纸伞
在长廊上敞开着孤独,
挺着殷红的伞尖,
像一只硕大的乳房
在风雨的记忆中哆嗦。

你选择了窗边这把椅子,
因为椅子的护手抓住了
你要坐下的幻想。

在远方的山谷中,回声
努力回响,要证实
自我真实的存在。

猫

终于,"文化大革命"爆发
实现了我的童年梦想——
变成一只猫。
"扫四旧"抄家的造反队队员,
一个个臂戴红袖章,挤满房间,
络腮胡子队长向我吼,"滚,兔崽子,
听到吗?"听到了,我还真高兴
能就此滚开,像一只猫似的
一跃而起,蹿出阁楼的老虎窗,
在黑黝黝、滑溜溜的房顶上
多自由自在地逛,繁星
在头上神秘地低语,一两块瓦片
在脚下碎裂,心惊肉跳。
夜太长了、太冷了,我回过头,
从窗子中偷偷望下去,看到
母亲在红袖章的包围中,突然,
也变了、缩了、丑了——
活脱脱一只绝望的小耗子,
低着头不停地哆嗦,脖子上
还挂一块小黑板,让我想到

学校动物实验室中的标签，
上面写了些什么字，看不清，
但我明白，她再也无法阻止
我纵身跳入黑夜……

白天，炎热的阳光最终
把我从房顶上赶下，
母亲还待在那个角落，
惊恐万状，盯住我手中
紧攥着的黑色瓦片，仿佛
这也要挂上她快断了的脖子。
我用刚学会的声音吼，
"滚，给我去准备早饭，
听到了吗？"果然，一溜烟
她消失了。在造反队一夜革命
"扫四旧"的废墟中，
一只耗子在孤零零来回穿梭。
做不成一个戴红袖章的人，我
于是决定，就只能像一只猫
一样凶狠，无论何时何地，
什么都要紧紧咬在嘴中。

一天，一天，又接着一天，
只是在丛林中不停地追与逃……
又一个下午，我从牙诊所回来，

听到她尖叫,"你牙齿太锋利了!"
她病倒了,在临终的床畔,
一个算命瞎子摇头叹息说,
"她属鼠,逃不过这一劫。"
我不听,向外狂奔,猫有九条命。

多少年了,一张旧信纸在颤抖,
我在上面看到了猫的爪痕。

雪 人

你必须是一个雪人,
这样静静地伫立雪中,
耐心地听风不停
呼啸着说一成不变的
消息,无动于衷,
凝视无边无际的白色,
不让自己融入其中——

一只饿昏了的乌鸦,
无家可归,转过身子
来啄食你的鼻子:
不错,一根胡萝卜。

秋　夜

深夜，走过圣路易街头，
在清冷的星光下，树叶
一阵阵哆嗦，泛黄的
思绪也纷纷散落一地。

（或许，在黄浦江畔，
海关大钟奏响早晨的时刻，
你眼中也有阳光一闪，
掠过记忆中一片落叶？）

我诗歌的组成部分

这把转椅曾转动着和子
在写字桌前,转累了,
她就俯卧在旁边的
小地毯上——她喜爱那精致的
波斯花纹,从广岛一路
带到了圣路易——继续读
新历史主义。她修长的双腿
在紫色和服下向后跷起,
交叉摆动,仿佛剪辑着
历史,涂着玫瑰红的脚趾
像是从《源氏物语》中
绽放出的花瓣。她的博士论文
要用后现代的理论去诠释
日本古典文学中的爱情。
刚通过了提纲,她要回国
去收集资料,临行前,
把转椅和地毯送给了我。
在东京,她被查出
已到了肺癌晚期,临终
还未能把论文写完。

"把这写字桌拿去吧,也许
你女儿还能在上面打乒乓球。"
唐纳尔德教授的苦笑
融入暮色,在搬家前的
车库拍卖中,他一遍遍
敲打桌面,却没有一个人
前来问价,像古老宫殿前
蛛网尘封的一扇门。那桌子
是多年前定做的,桌面上
能并排着放十来本书,
他写诗,也教了一辈子的
诗歌写作。只有诗行的停顿,
他常常说,才是他所要的
停顿。可那家出诗集的
出版社倒闭了,他也决定
退休,搬到乡间去养山羊。
邻居家孩子传出一阵阵欢笑,
车库旁的蓝色气球爆了。

在离开圣路易华盛顿大学
回国的前夜,元鹿送我
一支古色古香、紫貂尾精制的
小毫笔,说他自己太沉迷
唐诗宋词的意境,一味想象

豆蔻梢头似的女孩舔着
柔软的笔尖，在舌尖上绽放，
电脑键盘于是毫无他所必需的
手感。他要我保存这古老的
笔，"为了灵感。"

来回折腾在不同的语言
世界中，我未能经常想到
他们，可这一切都成了
我诗歌的组成部分：
那已磨损了的转椅，依旧
在我家中的地毯上吱嘎作响，
仿佛《源氏物语》中的
紫夫人，在不眠的深夜忐忑
踱步；写字桌倒还结实，
在书与纸的种种后现代意象
镶嵌中，让我越出了电脑屏的
框子；还有一个夜晚，
心不在焉地拿起毛笔，
舌尖舔着，英文键盘
意外地带来春风十里，
卷起总不如的珠帘。

送元鹿君不成

多少年以前,
在桃花潭畔,友人
送别的歌声深深
感动了李白。早秋,
清晨,一条孤独的小船
消逝于芦苇,唐时的
天际正袭来战云……

折断了芦苇的风
也折断了我。

在密苏里河畔,
四月最残忍的手指
是把一只蟋蟀,
还是把我,穿上鱼钩?
哦那刺透了的棕色翅膀
依然在磨擦不已,
嘶哑的声音扑腾着,
奔向兰姆勃特国际机场。

给香香(两首)

(一)
月台上,铃声急切
响起,仿佛幕布拉开,
仿佛我正进入一个熟悉的
角色,在灯光下,把手放在
胸前,仿佛必须要背诵
一篇已排练过多次的
激情宣言,要越过山山
水水,把自己扎成一束花,
捧起、紧贴那映着你沉思中
微笑的京沪特快列车窗子,
恰如黎明一定要捧出
闹钟,你不耐烦地
踩了踩脚。

在电影《土拨鼠日》里,
那个播音员在梦魇中
踩足摔了他的闹钟。
天气预报仿佛一遍
又一遍地重播了他自己。

在圣路易斯,"高点"
电影院外,白得透明的
苹果花依然灿烂——
这么多年过去了。
"那个电话号码已取消,
没有任何其他的信息。"
电话线那一端,无人接听。
其实,我们不需要
越过山山水水
来抵达遗忘的终点。

一声汽笛,偶然地
响起在远方,我抬起头,
只是又想到你
踩一踩脚的样子。

(二)
不是河流,而是河流
汇入你眼中的那一刻……

那天,我们在黄浦江畔
俯视系在木桩上的小舢板,
江水起伏,船尾上锅碗
瓢盆乒乓作响,似还在诉说
水上人家的古老故事。

一块尿布从船头晾衣绳上
飘落，像空白的稿纸……
"这世界未来所有的
可能性，"我说，"此刻
都在这小小的船舱中
晃荡。""破帆嫁给了
断桨，"你说，轻嚼着口香糖，
隐喻的泡泡迸发在阳光下，
缤纷灿烂。一个光屁股男婴，
闻声从遮油布的舱口爬出，
你取出书包中仅剩的红苹果，
拉起我的手，扔向舢板。
两个读文学的学生，想象着
在语言中富有的世界。

此刻，在魅力酒吧，
捧一杯血玛丽，我
与读者们谈论怎样建构、
解构过去与未来。摇滚乐撼动
酒吧，仿佛那早忘了的舢板，
在遥远而模糊了的江水中。
落下的餐巾纸让我又想到
许久前写给你却被退回的信，
"查无此人"——酒吧
突然停电……

　　　　灯光
再亮起时，哼着小曲的
金发吧女轻盈走来，嚼着
口香糖，在灯光变幻中，
吹出记忆中的泡影。

哈姆雷特

观众们翻看说明书的沙沙声
催我登台,台下黑漆漆的一片,
仿佛在沉没前挣扎的一刻,
要在这角色的出场中抓住

意义的稻草。一个角色,
就像其他角色,总得有人演,
在乎不在乎,疯或不疯,
去建构,再去解构。所指

永远在想象中,像骆驼、
像黄鼠狼,或像鲸鱼……
真实的意义在哪里?能指
只能在黑暗中:杀死耗子
还是耗子似的声音。哦告诉我,
父亲,这一切到底为了什么?

红旗袍

妈妈,我想让那遥远的回响
给遭遇的一切理出些许头绪:
在老房子里,人们来来往往,
只看到他们自己想看的东西。

我再也不想挣扎,只是回想,
身穿红旗袍的你,赤裸的脚,
柔软的手,在花丛中闪亮……
记忆剥夺了我睡眠中的时光。

可镜头还是在聚焦、调节,
在把我们固定在那一瞬间,
乌云正逼近,灾难的阴霾
已开始淹没远方的地平线。

恐惧是我恐惧的一切缘由,
妈妈,你替我喝这一杯酒。

禅

（纽约，湖南饭店）

在白底蓝花的大盘子里
捧上一只冬瓜雕出的
佛陀头，蒸得恰到火候。

侍者切下一片头盖骨，
用汤勺探进硕大的脑壳，
瞧，勺出一只炸麻雀，
塞在一只烤鹌鹑里，
填在一只酱鸽子里，
裹在一只挂炉鸭里，
一只只都相互渗透了
无可言喻的禅意。

"佛陀头，无与伦比，
无比鲜美，要尝尝，
这许多不同的精华
全在一只冬瓜里。"

答友人

为什么钓鱼？
　　　　只是想
要感觉渔线
在蔚蓝的天空中划出
你自己的弧形，要感觉
把命运攥在手中的
瞬间，纵然一切的一切
只是像摔出去的运气
嗖的一声——
　　　　就像鱼，
甚至像被钓的鱼。

回旋曲*

无论在什么时间,什么地点,
我凝视着的眼睛闪烁无言,
昨天的你依然在我的今天。

在快燃尽的烟蒂上接一根烟,
像徒劳地搜索天际的天线,
无论在什么时间,什么地点。

真实的只是记忆中的夜晚:
像沉思的雕像不知道疲倦,
昨天的你依然在我的今天。

谁走出围绕自我的旋律缠绵?
汽笛在紧闭的窗户上震颤,
无论在什么时间,什么地点……

但刹那间一切都变了,突然、
偶然的水藻在你身上缠满。

---

* 回旋曲是一种诗体,每节三行,第一节中的一、三两行分别在下面每节末行交替出现,以一、三行收尾。

昨天的你依然在我的今天。

什么是问题，什么是答案——
太理想的诱惑或太现实的艰难？
无论在什么时间，什么地点。

解释也许是无法解释的分娩，
书页翻开了，仿佛向虚无道歉——
昨天的你依然在我的今天。

电话铃声中又沾上了雪片，
寒夜在我们的呼吸中温暖，
无论在什么时间，什么地点。

汽笛在敞开的窗户上震颤，
我还得卷起你设计的图案。
无论在什么时间，什么地点，
昨天的你依然在我的今天。

堂吉诃德

又一次,你得骑上那匹瘦马,
又老,又累,垂头丧气,
就像你早被压垮了的自己。
大路上,似乎是风云飞扬,
但你知道一切只是尘土。
你举起你的盾,仿佛
一个古老帝国的
西沉夕阳。在青铜的
映象中,你勉强辨认出
一个支离破碎的模样——
仅仅因为裹在那生了锈、
太熟悉了的盔甲中。
角色扮演得太久了,
难以避免地要来扮演你
自己。你都不敢在老榉树下
打个盹。躺下身,怀疑的
白蚁就会蜂拥而上,
片刻间蛀空你的躯干。
哦什么东西在远方
闪光——你用手背遮着

眼睛——或许，仅仅是闪光
在你的幻想中。依然那样忠诚的
桑丘，扛起新补好的长矛，
望着你，静静等在路旁。
他或许一点儿都不蠢，
只是也得为自己找些事儿做——
因为一切都可以是借口，
所以你也可以是他的借口——
拖着脚，沿着不熟悉的
路，让他跟着你游荡。

在伦敦不遇

也许,不是人们唱着歌,
而是歌在唱着人们。

相见不如不见……
于是,唱歌的人
把头扎进了回忆的
荒漠。是他的——
或是她的——鸵鸟毛
在上世纪的一顶
帽子上摇曳不已,
在幽暗的肯辛顿宫。

舞蹈与舞者

落日熔金,
我们无法从古老的花园里
采撷灿烂的幻想,
来放入相册中收藏。
还是得选定自己的剧本,
要不时间就不会原谅。

能说的一切都已说了,
我们其实难以分辨
什么是问题、是答案。
让我们忘乎所以的
究竟是舞蹈,
还是舞者翩翩?

悲哀再不感到悲哀。
心,又一次硬了,
再不期待理解的闪亮,
但还是充满了感激:
因为曾与你坐在一起,
当花园中消逝着阳光。

这就是我

(一部诗选集中的照片)

卡洛尔要我穿起
那套波罗俱乐部的西服,
同时把国内带来的中山装
摆在摄影棚的一侧,
仿佛做一个脚注,
诠释我诗集中的文化冲突。
闪光灯噼啪不停,她接着
又把中山装挂上临时
凑出的晾衣绳;或粘在墙上,
仿佛是超现实主义作品,
没有脑袋,没有身躯的身子
只在一阵风穿过时摆动;
或在地上铺开,像在中国城
街头贩卖假古董的地摊……
拍了三卷胶卷,卡洛尔说
她的摄影工作告一段落,
现在要用啤酒和花生米
庆祝一番。我教她用筷子,

她顺手又照了一张。

诗集出版了，照片中的我
手捧百威啤酒，用筷子夹着
花生米。西装笔挺，像
一个推销员，把东方与西方
混在一起兜售。(背景中的
中山装不见了。)如果你
换一个角度看，还可以看到
我的手投在墙上的影子，
手中的筷子让人想到
古老传说中的鹤，伸出
长喙在啄食虚无。

诗

晚上八点半回家,
塑料桶里晃着五六条小鱼,
还包括一尾难算数的
蓝鳃鱼苗,一条头
砸得像烂柿子的水蛇。
成绩还算不错的一天,
我必须坚持说,在妻子的
怒视下,晒黑的鼻子
突然开始脱皮。光脊梁上
让蚊子叮出这么多肿块,
像绘出一张中国地图。

*什么意思?八九个小时
在太阳下烤,你还得买汽油,
鱼饵,饮料,两个热狗,
半包骆驼烟,结果是这几条
可怜的东西。在农贸市场
最多只值两三块钱。
你把自己钓上了钩!*

她是个敬业的会计，
可不会去计算这一刹那——
在银色鳞片的舞蹈中
怎样钓起了金色的阳光。

中美之间 → → → → → → → → →

李商隐的英文文本（两首）

（一）

她唇间那瓣茶叶的嫩。
一切都是可能的，
但并非都能得到原谅。
靠两个枕头，我又开始读
李商隐的英译。奇怪，
一个充满互文性的典故
一经翻译就索然无味，
仿佛脱去衣服，赤身露体
再也激不起想象。
但我依然纳闷，在他的诗里，
爱情总在太晚的幻象中
来临，梦里传出钟声，
茉莉花的芬芳仿佛
透自烟笼的铜镜。"锦瑟，
一半的弦线已断了，难以
解释；在只剩下残柱的
田野上，杜鹃啄食逝去的
年华；捧着珍珠的泪滴，
庄子醒来，揉起困惑的眼睛：

到底是他梦见了蝴蝶，
还是蝴蝶梦见了他自己？
此刻，她刚洗完澡，
吹风机呜呜响起，让我想到
远方的士兵在人丛中
开枪的声响，做出决定：
要继续留在这里，决不让
原诗的意象妥协，自己
动手来翻译李商隐。
她回到床边，悄悄灭灯。

（二）
茉莉花芳香，刚才还簪在你
辫梢，此刻落入我的杯里。
那个傍晚，你以为我醉了，
橘色小风车在窗缝中转动……

现在，当你这样想的
时候，已成了过去。

我想引一行李商隐的诗，
来说我不能说的一切，
但英译文表达不出原诗的
意蕴。（那位译者，据说
刚与他的美国妻子离异，

半夜醉醺醺醒来，觉得
英语在鞭打他，就像
在悬崖上抽一匹盲马。）

昨夜的星辰，
昨夜的风，那青葱般手指
剪烛的记忆，蚕把自己裹进
茧子的刹那，窗外，雨成了山，
山也成了雨……

是一幅唐代的画卷，
水墨中，诗人正要去
开门，门却把人打开，
汇入画中的世界——

在北京图书馆的善本部，
你为我打开那卷长轴，
把我的出神想象成
正蠹食书籍的银鱼，挣扎着
要摆脱睡意蒙眬的句号；我惊讶，
听你赤脚轻轻敲打出
一支波莱罗舞曲，回旋
在那古老宫殿一角的
办公室中，在沾了层
薄灰的地板上，留下足印。

甚至就在那一刻，
在那一个地方，我们其实
迷失在互相的解释中。

车喇叭正在我窗下
不停响着，我得赶去听
关于拉康的讲座：自我
只是像转蓬似的隐现。
诗歌无法让花瓣落下。
一只空杯子。

别王昌龄

寒雨连夜飘洒,落在凄冷的江面……
拂晓时分,送别远离的友人,
你身后,突然显得孤独的
山峦延伸入晦暗的天际。
"在洛阳,倘若亲朋好友们
还问起我,就对他们说:
心还是像冰一般,
在晶莹的白玉瓶中。"

我仿佛就是你送别的
那个友人,一千多年了,
越过山山水水,依然
仆仆风尘地重复你谜似的
口信,在数千里外,
在另一种语言中。

干杯，李白

你醉了，至少你愿意
相信你确实是醉糊涂了：
于是你就能起身，请月亮来
与你孤零零的影子共舞。

让得意的浪潮尽欢，让我们
畅饮欢乐的每一分钟，
别让金杯映着月亮，
空对自己的影子寂寞。

醉了，你飞出束缚的躯壳，
一片片诗羽在空中飞扬……

其实，我也试过灌醉自己，
在白塔下。把手表摔向
夜色中的紫禁城城墙，
却无法停住时间。不像你，
我最终只能在杯中
淹没醉了的月亮与自己。

雨夜读李商隐

当雨不停地落在黑黝黝的山中,
当烛光一次次徒劳地回想
你剪烛的纤纤指尖闪现、
掩映西窗,当晚秋的池子
涨满了思念,我又听到你在问:
"什么时候你能回来?"

哦,回来——
回来告诉你,那一刻,
你成了雨中的山,
山中的雨也成了你,
夜色深沉,烛光照亮
西窗外涨满思念的
晚秋池子,雨声滴答
不停重复着你的问题。

偶然想到薛涛

那娶了薛涛的男人,
娶回家的可不是诗人。

并非说她一定
要在他的呼吸中
寻找她诗行的节奏,
把她的白天与黑夜
根据他的意思来打上
标点,只是,她新写的
每一句诗,都无可避免地
让他想到她在嫁给他前
为另一个男人写的。
灭烛,在漆黑中翻云覆雨,
她都不敢闭起眼睛,
唯恐他怀疑她心里想的
是那一个……

甚至她呻吟中的吻
都可能变成一只黑猫,
又是抓,又是咬,
不停折腾他的想象。

读报的修车匠

在街角的一把竹躺椅上
舒展开他的身子,仰躺着,
在他头上,把当天报纸
打开,像理发店中的
热毛巾捂着他的脸
为他的紧皱的额头抚平
一道道愁纹,然后
折叠起了一天。

这个世界中都发生的
一切都发生在报纸中。

在一个破旧工具台上,
一块年久泛黄的牌子:
"自行车修理——补轮胎、
打气、换刹车、电焊加工……"
但这些字大多被一棵大白菜、
一双旧运动鞋、一个饭盒遮掉了。

曾经,一个自行车城市,
他读到,现在到处是汽车。

时代的破鞋

合唱
"文化大革命"把一长串
破旧鞋子套上了她脖子：
亮铿铿的高跟、木屐、麂皮靴、
露跟鞋、黑色凉拖鞋还沾满泥——
她赤脚走着，划破的足心
留下一滴滴血迹……

  路旁，围观者像闻到了血的苍蝇一般聚集拢来。一个小男孩在人群中问他爷爷，"为什么要把这些破鞋套在她脖子上呢？"
  "这只是个比喻，"他爷爷说，"天知道她套过多少男人？"
  "她都给他们套破了、穿破了、磨破了，就像这些破鞋。"他爸爸回答说，"一九四九年前，她是个声名狼藉的大明星。"
  "都快二十年了呀！"小男孩大惑不解。
  他叔叔插进来说，"二十年前，就是花上成千上万块钱，你也休想碰一碰她的小脚趾。今天，我可是亲手把这串破鞋套到了她脖子上。"
  小男孩似懂非懂地说，"哦明白了。原来这些都是你的破鞋！"
  他瞪着那个游街示众的女人，她脸上闪闪亮着旁观者的唾沫，她赤裸的双脚一路滴着血。

疯女人的歌
鞋子、鞋子、鞋子，
"文化大革命"的破鞋子！
脱掉、脱掉、脱掉，
唯一的出路是赤脚！

驯鸟大师

从竹子鸟笼的精致小门中,
可爱的小黄雀跳进跳出,
在他的注视下开始走
阅兵仪式中的方步,
严酷修剪过了的翅膀
再也不会高高飞起,只能
拍击、拍击着空气。

一个自足、自闭的鸟笼
世界,有米,有水,有素菜,
有光,有还能呼吸的空气……
所有的一切够让它生存下去。
为什么还要挣脱出笼子,
孤零零地展翅、冒险进入
那太辽阔、不可预测的天空。

欢蹦乱跳中,小鸟又回头
瞅了瞅仁慈的老主人,
他饱经风霜的脸缩成个皱皮
核桃似的微笑——知足常乐。

天边,仿佛有鸟翅在灿烂的
阳光中一闪,这里,老弄堂
遗忘了的角落中,历史还在沉淀。

意义,其实只是在此时
此地有着意义——
在小鸟狂喜地跳跃
在他模糊了的视线中。

弄堂深处,一对年轻的
情侣在互相拥抱、歌唱:
悲伤着你的悲伤,
幸福着你的幸福……

断章:戏仿卞之琳先生

老了,从小弄堂里往外看风景,
看风景的人在看老去的弄堂。

夕阳在残墙上衬出你,
你托出消逝的城市记忆。

街边牌局

纸牌高举起你,
灯光对准你,
烟卷吸食你,
这一刻攥住你……

在你所做的一切中
找到又丢失自己,
旁观着,我变成了你,
绷开大腹便便的裤带。

东方主义的菜谱

（读理查德·琼斯的《万楚的妻子在床上》）

一些绝不可少的材料与配料：
她的大腿，先在鱼露、米酒、姜泥、
味精、蛋清、酱油以及红糖中
浸一个小时，她三寸金莲般的
小脚（晚清风味），尖尖的，
就像剪刀把长夜剪成
一片片幻想；她乌黑油亮的辫子
盘在她白花花的胸脯上，
像在乐园中熟睡的蛇。
料都准备好了，大火快炒，
阴阳交融时，浇上一汤匙
茅台，再滴几滴 XO 酱
在她鲜嫩的臀肉上——
翻腾、扭动在万楚的身下，
噼噼啪啪，仿佛在念着
王晨的名字（谁是万楚
谁是王晨没关系，听上去
有东方感觉就行）。要色香味

联想齐全，在窗子前
挂上一串红灯笼辣椒
映出窗纸上生动的投影；
更在她肚腩上撒一把
剁碎了的青葱，感性十足
芬芳。最佳的食用时间：
刚起锅，还火烫的，
在你舌尖上溶化。

诗人的传说

经历了这许多绯闻风暴与政治旋涡，
他去国离乡，只身来到南洋
某个小岛，开了家粮店，
留起大胡子，买下个
比他小三十岁的土著女子——
她不会说一句中文，
却心领神会他的需求。

清晨，一本巨大的账簿
翻开他，数字不停地加减
在一架老红木算盘上，
拨动他，噼噼啪啪
上下，到宵禁时才停。
她于是就把他揽入怀中，
仿佛米袋子中装满宁静
而温柔的黑暗，遗忘了的
时间与忧虑像一把米，
从他们缠绕的指间
倾泻而出，淹没了
所有的存在与虚无。

一块嚼了又嚼的槟榔，
粘在床头柜上。那些
像野草一样长满了后园的
名词、动词、形容词、虚词，
再也不让他操心，也不用坚持
要像一只断了线的气球
依然悬挂天际，看地平线
缀满燃烧的烟蒂。

深夜，他猝然惊醒，
听树枝拍打他的窗户，
像几乎都已遗忘了的韵律。
她紧张地转身抱住他，
在梦中拧动赤裸的躯体。
一条小金鱼从鱼缸中
蹦出，在水泥地上
疯狂舞蹈。年轻妻子的忌妒
宣言让他在黑暗中顿悟——
那准是另一个人，好像很久前
就消失了，曾这样说过：
因为他语言的极限
也就是他世界的极限。
整整一夜，他滔滔不停地
对她说着，用他的舌尖、
牙齿、鼻端、扎人的络腮胡子……

多年后，他的传记作者们
把这远远发生的一切都说成是
必要的烟幕，为了掩护
诗人的地下抵抗运动。
他们专程去拜访她，
像风尘仆仆的朝圣者
来到古老的庙宇，神像
在其中早已倒塌。她
在门口嚼槟榔——哪一个丈夫
留给她的习惯，已忘了。
后来她又嫁了好几次，
却一直离不开槟榔，
牙齿嚼得乌黑，像覆盖
记忆的蛛网。她一个劲
扭动脚趾，仿佛老化了的
塑料花瓣，苦苦追思，
最终只记得起他的大胡子
磨她大腿顶端的感觉。

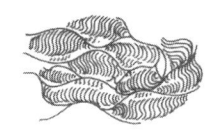

地铁车站
——裘小龙译诗选

［英国］马修·阿诺德

马修·阿诺德（1822—1888）出生于英国的米德尔塞克斯。他最初以写诗开始他的文学生涯，但为谋生，他成了一个中学检察员。令人疲倦而沮丧的工作之余，他转而写起了批评，很快在这一领域中产生了巨大的影响。他敏锐地觉察到十九世纪下半叶西方社会中发生的一系列巨大变化，这种迫近的危机意识使他的批评有了不同寻常的深度。这也反映到了他的诗歌中，尤其在《多弗海滩》中。这是一首充满现代主义感性的作品，也是所有英国诗选至今必选的名诗。

多弗海滩

静静的是今夜海面。
涨潮了，灿烂的月光映照
海峡；法国海岸上，光线亮起
又消失，英国的悬崖，巨大而闪烁，
在宁静的海湾中屹立。
到窗边来吧，夜晚的空气多甜。
可在海水与月光漂白了的陆地
相交处，在长长一条浪花中，
听呵，你能听到海浪把砾石
卷上，又在退去时抛下的
阵阵刺耳的喧闹，在高高的海滩上
开始，停下，又重新开始，
在抖颤、缓慢的旋律中
传来永恒的悲哀音符。

很久以前，索福克勒斯
曾在爱琴海上听到这声音，
想到人类苦难的混浊消长，我们
也在这声音中找到一个思想，
听着，听着，在遥远的北海。

信仰的海洋
曾一度涨潮，围绕地球的海岸，
像一条收紧的亮灿灿腰带。
但此刻我仅仅听到
它凄怆、漫长地退缩的喧响，
退入夜里刮起风的
呼吸，沿着这世界荒凉、巨大的
边缘和光秃秃的小卵石退下。

啊，爱人，让我们相互
忠诚！因为这世界，似乎像
一片充满梦幻的土地在我们眼前展现，
这般多种多样，这般美，这般新，
事实上，没有爱、光明、欢乐、
肯定、和平，以及给痛苦的救援；
我们在这里，仿佛置身于黯黑的原野，
卷在争斗和逃遁的混乱惊愕中，
无知的军队正在黑夜里厮杀。

[爱尔兰] W.B. 叶芝

　　W.B. 叶芝（1865—1939）出生于爱尔兰都柏林。他早期的作品有后期浪漫主义和唯美主义的痕迹，但他同时也接触到现代主义的作品，做出了自己的独特探讨。当时的爱尔兰民族自治运动，为他的作品增添了时代的激情色彩和英雄悲剧高度。1899年左右，他开始用更简洁有力的语言进行创作，并发展出他自己的一种象征主义体系，不仅仅包罗文学的领域，也涉及历史和人类，在作品背景中呈现了新的地平线。1923年，叶芝获诺贝尔文学奖。

我的书本去的地方

我所学到的所有言语，
我所写出的所有言语，
必然要展翅、不倦地飞行，
决不会在飞行途中停一停，
直到你悲伤的心所在的地方，
在夜色中向着你歌唱，
远方，河水正在流淌，
乌云密布，或是灿烂星光。

走过柳园

在那柳枝花园下边,我遇上我的爱;
她走过柳枝花园,赤裸的纤足雪白。
她要我轻松地相爱,像树儿抽着绿叶,
但是我年轻愚蠢,她的话我不同意。

在河边的田野里,我的爱和我伫立久久,
在我倚着的肩膀上,她放下雪白的手。
她要我轻松地生活,像堰上长着玫瑰,
但我那时年轻而愚蠢,如今满眶眼泪。

茵尼斯弗利岛

我要起身走了,去茵尼斯弗利岛,
去那里建小房,泥土与柳条的小房,
我要有九排豆架,一个蜜蜂巢,
孤身独居,林间的空地中群蜂高唱。

于是我会有安宁,安宁慢慢滴落,
从晨曦面纱上滴落到蟋蟀歌唱的地方;
午夜一片闪光,中午燃烧得紫红,
暮色里,到处飞舞着红雀的翅膀。

我要起身走了,因为我日夜总是听到,
听到湖水低声地在拍打着湖滨;
无论我站在公路,或在灰色的人行道,
心底深处,我总能听到那湖水的声音。

"伶人女皇"中的一支歌

我的母亲逗弄着我唱:
"多么年轻,多么年轻!"
做了一只金色的摇篮,
在柳枝上晃个不停。

"他走了,"我的母亲唱,
"当我被人扶到了床上面,"
唱着,她的针一边运着
金色的线和银色的线。

她运着线,又咬断线,
缝起一件长外衣,金光闪闪,
哭了,因为她曾经梦到,
我生下来是要戴一顶皇冠。

"当她怀上时,"我母亲唱,
"我听到一只海鸥喧嚷,
看到一点黄色的泡沫
落到我的大腿上。"

她因此怎能不把金色
编进了我的发辫,
不梦想着我将攀登
爱情的金色峰巅。

一件外衣

我把我的歌做成一件外衣,
从头到脚遍体绣满了
从古老的神话里
取来的种种锦绣图案;
但傻瓜们取到这件外衣,
在世人的眼前穿起,
仿佛是这些眼光制成了外衣。
歌呵,就让他们拿去吧,
因为在赤身裸体行走时,
有更多雄心勃勃的事业。

接着怎样

他挑选过的伙伴在学校里想,
他肯定会成为一个名人;
他也这样想,循规蹈矩地生活,
从二十岁起的那十年,他全在苦干,
"接着怎样?"柏拉图的鬼魂唱,"接着怎样?"

他写的每篇东西都有人捧读在手,
过了若干年,他也赚到了
够多的钱,足以应付种种需求,
还有那已证明了忠诚的朋友;
"接着怎样?"柏拉图的鬼魂唱,"接着怎样?"

他一切的幸福梦想都已实现——
一栋古老的小房子、妻子、儿女,
庭园里,白菜和洋李长满,
诗人与智者围在他的身边,
"接着怎样?"柏拉图的鬼魂唱,"接着怎样?"

"工作已经完成,"他老年时想,
"一切都按照少年时的计划;

让傻瓜们暴跳,我始终不动摇,
把事情完美无缺地办好。"
但那鬼魂唱得更响,"接着怎样?"

第二次来临*

转呵，在越来越宽的旋转中转，
猎鹰再也听不到驯鹰者的呼唤；
一切都瓦解了，中心再不能保持；
只有一片混乱来到这世界里，
鲜血染红的潮水到处迸发，
淹没了那崇敬天真的礼法；
最优秀的人失去了所有信念，
最恶劣的人，却狂热充满心间。

显然某种启示就要来临，
显然第二次来临已经迫近，
第二次来临！这几个字还在嘴上，
出自世界之灵的一个巨大形象
扰乱了我视线：一片荒野的沙粒；
一具有着狮身、人首的形体，
凝视着如阳光一般空洞、无情，
正慢慢地移动着腿，大漠中，
愤怒的鸟影纷纷晃动周遭。

---

*《圣经》中预言耶稣将"第二次来临"，带来太平盛世，又预言会有一个"伪耶稣"到来，在人间作乱。叶芝后来曾向友人引用这首诗，证明他对法西斯主义崛起感到忧虑。

黑暗又降临了，但我已知晓，
二十世纪的死气沉沉的睡眠
被晃动的摇篮摇入恼人的梦魇。
什么样的野兽，终于等到它的时辰，
懒洋洋地走向伯利恒，来投生？

三个运动

莎士比亚的鱼在海洋里游,远离陆地;
浪漫主义的鱼在快要到手的网里游;
那些躺在沙滩上喘气的又是什么鱼?

丽达与天鹅 *

猝然猛袭，硕大的翅膀拍击
那摇摇晃晃的姑娘，黑蹼爱抚
她大腿，他的嘴咬住她脖子，
他把她无力的胸脯紧贴他胸脯。

她受惊的、意念模糊的手指怎能
从她松开的大腿中推开毛茸茸的光荣？
躺在洁白的灯心草丛，她的躯体怎能
不感受到心——在她卧倒处奇特跳动？

腰肢猛一颤动，于是那里就产生了
残破的墙垣、燃烧的屋顶和塔尖，
阿伽门农死去。
　　　　因为这样被征服，
这样被天空中野性的血液所欺凌，
在那一意孤行的嘴放下她之前，
她是否获得了他的力量与知识？

---

* 按照叶芝神秘的象征主义体系，历史的每一循环为两千年，每一循环都是由一位姑娘与鸟儿的结合开始。众神之王宙斯化身为天鹅，使丽达怀孕产了两个蛋。蛋中出现海伦和克莱提纳斯；海伦的私奔引起了特洛伊战争，而克莱提纳斯与奸夫一起谋杀了她丈夫阿伽门农。

当你老了

当你老了,头发灰白,满是睡意,
在炉火边打盹,取下这一册书本,
缓缓地读,梦到你的眼睛曾经
有的那种柔情,和深深的影子;

多少人会爱你欢乐美好的时光,
爱你的美貌,用或真或假的爱情,
但有一个人爱你那朝圣者的灵魂,
也爱你那衰老了的脸上的哀伤;

在燃烧的火炉旁边俯下身,
凄然地喃喃说,爱怎样离去了,
在头上的山峦间独步踽踽,
把他的脸埋藏在一群星星中。

柯尔庄园的天鹅

树木披上了美丽的秋装,
再不潮湿了,林中的小径,
在十月的暮色中,流水
映照着静谧的天空,
水波在一块块石头中荡漾,
这里游着五十九只天鹅。

自从我第一次数这些天鹅,
十九度秋天已经消逝;
还来不及细细数完,就看到
天鹅一下子全部飞起。
喧哗地拍打着翅膀,
在巨大的碎圈中四散。

我看到过这些光彩夺目的动物,
此刻心中涌起一阵悲痛。
一切都变了,自从第一次在河边,
也正是暮色朦胧的时分,
我听到天鹅在我头上鼓翼,
迈着更轻捷的脚步前行。

这一对对情侣还没有疲倦，
在冷冷、却亲切的河流中
蹚水，或展翅飞入半空；
天鹅的心依然那样年轻；
不管上哪儿漂泊，它们
总有着激情，还要赢得爱情。

现在天鹅在静谧的水面上浮游，
神秘莫测，美丽动人；
可有一天我醒来，天鹅已飞去——
它们会筑居于哪片芦苇丛，
在哪一个池边、哪一块湖滨，
使人们悦目赏心？

[美国]埃兹拉·庞德

埃兹拉·庞德(1885—1972)生于美国的爱达荷州。他被公认为是在二十世纪初最积极地推进了现代主义诗学和实践，也是在这方面最有影响的一个诗人。在他早期的诗歌活动中，他倡导了意象派诗歌运动，主张从中国古典诗歌中借鉴、学习意象技巧的运用；在他后来的创作中，他专注于史诗般的"诗章"写作。尽管庞德在现代主义诗歌运动中做出了成就，但由于他在二战期间参与了法西斯政治活动，战后他受审，并被判由于精神疾病的原因，在医院中关押了很长一段时间。

刘　彻*

丝绸的瑟瑟声响停了，
尘埃飘落在院子里，
足音再不可闻，落叶
匆匆堆成了堆，一动不动，
落叶下是她，心的欢乐者。

一片贴在门槛上的湿叶子。

---

* 庞德当时并不怎么懂中文，读了别人译的《落叶哀蝉曲》（伪托汉武帝刘彻思怀李夫人所作），改写了这首诗。

仿屈原

我要走入林中,
戴紫藤花冠的众神在漫步的林中,
在银粼粼的蓝色河水旁,
　　　其他的神祇驶着象牙车辆。
那里,许多少女走了出来,
　　　为我的豹友采摘葡萄。
这些豹可是拉车的豹。

我要步入林间的空地,
我要从新的灌木丛出来,
　　　招呼这一队少女。

阿尔巴

幽谷中的百合花，
　　　苍白、潮湿的叶子一样冷，
她躺在我身边，拂晓时分。

一个姑娘

树进入我的手,
汁液升上我的臂,
树长入我的胸——
向下长,
树梢从我身内长出,像手臂一样。
你是树,
你是青苔,
你是煦风轻拂的紫罗兰。
一个孩子——这样高——你是。
于这个世界这一切都是愚蠢。

题扇诗:给她的帝王 *

噢洁白的绸扇,
像草叶上的霜一样清湛,
你也被弃置一旁。

---

* 中文原诗为班婕妤的《怨歌行》,也是庞德的改作。

地铁车站

人群中这些脸庞的隐现,
湿漉漉、黑黝黝的树枝上的花瓣。

河商的妻子：一封信 *

那时，覆在我额上的发还是直剪的，
我在前门玩，采一朵朵花。
你骑着竹跷来，装着在骑马，
你在绕我座位走，戏弄青梅。
我们后来还是居住长干里，
俩小人，不懂嫌隙或猜疑。

十四岁，我嫁给了夫君——你。
我从不笑一笑，这太羞人了。
低下头，我一味看着墙。
叫我千百次，我都不回头。

十五岁，我再不愁眉苦脸，
只愿我的能混入你的尘和灰，
永远永远永远地混在一起。
为什么我要爬上高处去眺望？

---

* 这首诗是从李白的《长干行》翻译而来。在意象主义阶段，庞德十分推崇中国古典诗歌，自己也翻译了不少中文诗，但他的翻译有很大的再创作成分，《河商的妻子：一封信》甚至被当作他自己的作品，收入英美诗集，也被认为是他最出色的作品之一。

十六岁，你离家出门。
沿漩涡湍急的河流，一路远去
滟滪堆，你已去了五个月。
猴子在上面发出哀声。

你出门走的时候拖着脚。
现在门口已长满青苔，冷漠的青苔，
太深了，扫都扫不走。
这个秋天，树叶在风中落得早。
八月，蝴蝶的颜色都已泛黄了，
一对对飞在西园的草上；
它们伤了我心。我在变老。

如果你顺着长江狭窄的三峡下来，
请提前写信让我知道，
我会出门来远远地迎接你，
一路直到长风沙来接你。

[英国] T.S. 艾略特

T.S. 艾略特出生于美国的密苏里州。他早期出版的《诗选》，一反后浪漫主义诗风，在题材和技巧上都充满了创新精神，1922 年的《荒原》反映战后西方世界整整一代人的幻灭和绝望，成了现代主义诗歌的一个里程碑。接着他改入英国国籍，声称："政治上，我是保皇党；宗教上，我是英国国教徒；文学上，我是古典主义者。"他的作品也起了变化，有了更多的宗教色彩。《四个四重奏》是他晚期的代表作，内容与形式获得完美，语言也炉火纯青。1948 年，他"作为现代派一个披荆斩棘的先驱者"获诺贝尔文学奖。

杰·阿尔弗莱特·普鲁弗洛克的情歌

如果我认为我的答复是
说给那些将回转人世的人听,
这股火焰将不再颤抖。
但如果我听到的话是真的,
既然没人活着离开这深渊,
*我可以回答你,不用担心流言。*①

那么让我们走吧,我和你②,

---

① 这段题词引自但丁的《神曲》。《神曲》中,吉多·达·蒙特弗尔仇在地狱的劫火中对但丁说了上面的话。吉多以为听他讲话的但丁也是被打入地渊的阴魂,不能再回阳世传他的话,因而他就无所担忧地讲出了自己过去的罪恶。在吉多所陷的那层地狱里,每个阴魂都被镶在一团火焰中,阴魂说话时,声音自火苗顶尖发出,火苗就像舌头一样颤抖。
　　艾略特引用这段题词,暗示诗中的普鲁弗洛克像被贬入地狱的吉多一样,是在火焰里说话的,而读他这首诗的读者也是被贬入地狱的,属于和他一样的世界。因此,这段诗不止于讲普鲁弗洛克,而且讲一种普遍存在的象征。
② 诗中的"你"到底是谁,批评家是有争议的:有人认为是指读者,有人以为是指艾略特的另一个自我,一般认为与普鲁弗洛克同行的是另一个男性。在诗里"你"并没起多大的作用,诗基本上都是普鲁弗洛克的话,或可称内心独白。从诗一开始的场景来看,普鲁弗洛克或许是在女人们的房间,她们正在谈米开朗基罗,接着从女人们的房间里去海滩。普鲁弗洛克可能已到中年,但也可能是未老先衰。暮色中,他走过条条街道,思想随之无边无际地蔓延开去。也有批评家指出:"在普鲁弗洛克的时间延续中没有进展,没有运动。"照这种说法,普鲁弗洛克其实一步都未迈出,仅耽于空想的内心独白。对于爱情,他开始经历一次浪漫主义的幻灭,他在内心依然染有浪漫的色彩,但又模糊地意识到这层浪漫色彩的虚伪性。幻灭中掺杂着自我嘲讽。整首诗也是这种似是而非的复调,题为情歌,实际上缺少的恰恰是真正的爱情。普鲁弗洛克向前走着(想着),艾略特就这样从普鲁弗洛克的角度展开了叙述。有评论家写过这样一段话,可作为题解供我们参考:"作为一个有用的假设——当然每个读者都可以从他自己的理解加以修正或补充——姑且让我们说,普鲁弗洛克是个过分敏感、过分内省、胆子太小、压抑太强的人。他有自己的爱好、趣味,喜欢引章摘句。他正在去一个晚会的路上,这个晚会只是无聊的聊天,但如果他能鼓起勇气向那里的一个女人表白他的爱情,他也许能从这压抑的环境中逃脱。然而他又怕遭到拒绝,以及社会上的嘲笑,他不能做出这番表白,只是沉耽于美人鱼的幻想中,而不是与现实中的女人一起生活。他的情歌,自然是不会对任何人唱的。"

当暮色蔓延在天际
像病人上了乙醚，躺在手术台上①；
让我们走吧，穿过某些半是冷落的街，
不安息的夜喃喃有声地撤退，
退入只宿一宵的便宜旅店，
以及满地锯末和牡蛎壳的饭馆：
紧随的一条条街像一场用心险恶、
无比冗长的争执，
把你带向一个使你不知所措的问题……

噢，别问，"那是什么？"
让我们走，让我们去做客。

房间里女人们来了又走，
嘴里谈着米开朗基罗②。

黄色的雾③在玻璃窗上擦着它的背脊，
黄色的雾在玻璃窗上擦着它的口络，

---

① 这个比喻颇有英国十七世纪玄学派诗歌的"暴力的联结"味儿。也就是把两种表面上看来无甚关系的东西放在一起加以比较、发挥，让读者去思考其内在的相似性。如这段里，暮色作为时间概念，可暮色居然"上了乙醚"，那自然是病了，这就暗示这个时代，包括普鲁弗洛克本人，都已病了，需要动一次手术；另一种解释也可以是，"上了乙醚"表示时间意义的终止，意味着普鲁弗洛克以后的思想宛如上了麻醉药的病人。
② 米开朗基罗（1475—1564），意大利大雕塑家、画家和诗人。"房间"可能是指普鲁弗洛克要去的女友住处。米开朗基罗系文艺复兴时代艺术的象征，也象征着一种浪漫主义的理想，此处却成了自命风雅的女人在客厅里庸俗琐碎的话题。
③ 雾，强调那个房间与外部的隔绝，也可以看作是他的思想的外化。

地铁车站——裘小龙译诗选

把它的舌头舐进黄昏的角落，
逗留在干涸的水坑上，
任烟囱里跌下的灰落在它背上，
从台阶上滑下，忽地又跃起，
看到这是个温柔的十月夜晚，
围着房子踅一圈，然后呼呼入睡。

啊确实，将来总会有时间①
让黄色的雾沿着街道悄悄滑行，
在玻璃窗上擦着它的背脊，
将来总会有时间，总会有时间
准备好一副面容去见你想见的面容，
总会有时间去谋杀和创造，
去从事人手每天的劳作，
在你的茶盘上提起又放下一个问题，
有时间给你，有时间给我，
有时间上百次迟疑不决，
有时间上百次拥有幻象、更改幻象②，
在用一片烤面包和茶之前。

---

① 在这一段中，艾略特对"将来总会有时间"和引出的变奏，故意使读者想到《新约·传道书》中的一段话："对每一件事情都有一个季节，天底下每个日子都有一个时间：有时间去生，有时间去死，有时间去种植，有时间去挖掘……"另可参看安德鲁·马弗尔（1621—1678）的名诗《给他羞羞答答的情人》："如果我们有足够的世界和时间"。诗中诗人对他"羞羞答答的情人"争论说，因为他们做爱的机会并非无穷无尽，他们就不能犹豫拖延。这里艾略特正是用此强调普鲁弗洛克的敏感和懦怯。
② 诗中"幻象"一词很重要，暗示着真理的一闪或美的一瞥，但普鲁弗洛克真能相信吗？"更改"一词就在拆台了。

房间里女人们来了又走,
嘴里谈着米开朗基罗。

啊确实将来总会有时间①
去琢磨,"我敢吗?""我敢吗?"
会有时间转身走下楼梯,
我头发中露着一块秃斑——
(她们会说:"他的头发多稀!")
我穿着晨礼服,腭下的领子笔挺
领结雅致而堂皇,但为一个简朴的别针系定——
(她们会说:"可他的胳膊腿多么细!")
我敢不敢
扰乱这个宇宙?
在一分钟里还有时间决定
和修改决定,过一分钟再推翻决定。

因为我已熟悉了她们的一切,熟悉了这一
　　切——②

熟悉了那些黄昏、早晨和下午,

---

① 这几行诗里,因为普鲁弗洛克无法相信什么有价值的东西,他不能面对世界,他害怕人们的眼睛盯住他的每一个缺陷,所以必须伪装起来,对重大的问题延宕不决。然而时光逼人,普鲁弗洛克又有另一种迟暮的恐惧感,想要"提出"问题。
② 下面这几行,大体上是进一步解释为什么普鲁弗洛克不能提出问题,扰乱这个宇宙。因为他自己就属于这个世界,批判它也就是批判自己,同时他又害怕这个世界。

我已用咖啡匙量出我的生活，
我知道人声随着隔壁音乐的
渐渐降下而慢慢低微、停歇。①
　　所以我又怎样能推测？

因为我已熟悉了那些眼睛，熟悉了这一切——
那些眼睛用公式化的句子钉住你，
当我被公式化了，在钉针下爬，
被钉在墙上，蠕动挣扎，
那么我又怎样开始
吐出我所有的日子和习惯的烟蒂头？
　　所以我又怎样能推测？

因为我已熟悉了那些胳臂，熟悉了这一切——
戴上手镯的胳臂，裸露、白净②，
（但在灯光下，淡褐色的汗毛茸茸）
是不是一件衣服里传来的香气
使得我们的话这样离题？
卧在桌子上的胳臂，或裹着纱巾。
　　我那时就该推测吗？
　　我又怎样开始？

---

① "降调渐渐低下"，引自莎士比亚的《第十二夜》。第一幕第一场中，奥西诺公爵说："再来那支曲子，它有个渐渐低下的降调。"当时公爵正害相思病，这曲音乐很合他的情绪，于是他要再来一个。这里艾略特在暗示性地用典故。
② 参见约翰·堂恩（1572—1631）的《安魂曲》中的名句"像一只手镯似的金色头发围着骨头"，艾略特说这行诗有种强烈对比的效果。这几行诗把浪漫想象中的女人胳臂与更现实地观察到的"褐色的汗毛茸茸"加以对比，女人的引诱力和丑恶杂在一起，普鲁弗洛克怎样能"开口"呢？

…………

我要不要说,我在暮色中走过狭隘的街道①
看到只穿着衬衫的男人,孤独地
倚在窗口,烟斗中的烟袅袅升起?……

我本应成为一对粗糙的爪子
急急地掠过静静的海底。②

…………

还有那下午,那傍晚,睡得如此安详!
为纤长的手指爱抚,
睡了……倦了……或者装病,
躺在地板上,这里,在你和我的身边。
在用过茶水、点心、冰淇淋后,我就有
力量把这一时刻推向决定性的关头?

---

① 这段仍然是说普鲁弗洛克考虑着怎样对他的情人说出他想到的一切,普鲁弗洛克想象着用一幅伤感的画面来赢得她的同情,但这想象的场景使他窘迫,他几乎无法想下去了,于是这段后面又出现了省略号。
② 参见莎士比亚的《哈姆雷特》,第二幕第二场:"因为你自己,先生,将和我一样衰老,如果你像一只螃蟹一样向后爬。"这是哈姆雷特装疯向朝臣波隆尼阿斯说的话。爪子的典故可能出自此处。也有评论家认为,爪子象征着低级的和原始的东西,但那毕竟是有目的、有追求的生活,爪子总是抓住它想要得到的东西,一点儿都不会犹豫,这与普鲁弗洛克敏感得神经质而无所事事的生活形成对照。

但我虽然已经哭泣和斋戒、哭泣和祷告，①
虽然我看到过我的头（微微变秃）在一只盘子中递进，②
我不是先知——这也不是什么了不起的事情，
我见到过我的伟大的时刻晃摇，
我见到过那永恒的"侍从"③捧着我的外衣，暗笑，
一句话，我怕。

而且，到底是不是值得，④
当饮料、橘子酱和茶都已用完，
在瓷器中，在你和我的一场谈话中，
是不是值得带着微笑
把这件事情啃下一口，
把这个宇宙挤入一只球，
把球滚向使人不知所措的问题，⑤
说："我是拉撒路，我将告诉你们一切"——⑥

---

① 参见《旧约·撒姆尔》："他们悲伤、哭泣、斋戒"。这里也许是预示下面典故的宗教内涵。
② 按《新约·马太福音》，施洗者约翰拒绝莎乐美的爱，莎乐美要求希律把约翰杀掉，把他的头放在盘子上给她。这里可能暗示普鲁弗洛克也拒绝了爱情，但这并非由于他是虔诚的信徒或传道的先知。普鲁弗洛克正因为这样的认识而感到痛苦。此外，在一般的艺术作品的描绘中，约翰的头发和胡须都是很长，而普鲁弗洛克即使在这种严肃的思想中，也忘不掉自己的头是微秃的。
③ 普鲁弗洛克想象那个捧着他外衣的侍从在一旁暗笑，又在形而上的想象中将暗笑的侍从看成生活、命运、宇宙对无所事事的普鲁弗洛克的"永恒"的态度。
④ 做出勇敢的决定，来改变他原先井井有序的生活，这是不是值得呢？
⑤ 参见《给他羞羞答答的情人》最末几行："让我们卷起我们所有的力量和所有的／甜情蜜意，卷入一个球。"原诗中诗人要求自己的爱人急切地和强烈地相爱。可对普鲁弗洛克来说，这场爱情是要把整个宇宙这只球滚向"使人不知所措的问题"。艾略特常在典故的原来内涵上延伸，发挥开去，此即一例。
⑥《圣经》中有两个叫拉撒路的人，一个是马利亚和马大的兄弟，他死后，耶稣又使他复活了。这个拉撒路讲了他死后的经历。另一个是躺在财主门口的乞丐拉撒路，他死后被天使放在亚伯拉罕的杯里，而财主则进了地狱。财主看见拉撒路在享福，请求拉撒路告诫他的每个兄弟多行一些好事，以免受下地狱之苦。这两个拉撒路的故事，都有死后发生的含意。此处暗示普鲁弗洛克的告诫正像拉撒路的告诫于财主们一样，不会被房间里的女士所重视，但同时暗示普鲁弗洛克实际上也走不到这一步。另外一种解释是：要让普鲁弗洛克改变他的生活方式，就像让死人复活一样困难，除了奇迹出现，普鲁弗洛克是无能为力的。

而万一那个人,把她枕头在脑后整一整,
　　居然说:"那根本不是我的意思。
　　不是,压根儿不是。"
而且,到底是不是值得,
是不是值得,
在夕阳西下,在庭院漫步,街道洒了水后
读小说、用茶点,长裙曳地之后——
这个,还有更多的?——
要说我想说的不可能!
但仿佛幻灯把神经的图样投上了屏幕:
是不是值得。
如果一个人,放好一个枕头或扔掉一块纱巾,
转身向窗子说道:
　　"那根本就不是,
　　那压根儿就不是我想说的。"

············

不,我不是哈姆雷特王子,生下来就不是,①
我只是个侍从爵士,这样一个家伙,
为一次巡行捧捧场,闹一两个好笑的场景,
给王子出出主意;无疑,一件顺手的工具,

---

① 哈姆雷特一味自我内省,犹豫不决而无比痛苦。这里普鲁弗洛克突然提及哈姆雷特,表示想要切断他刚才沉溺于中的哈姆雷特式的内心独白,但又重新想起自己在生活中那种从属的、非英雄的角色。另外一层延伸意义也可这样理解:哈姆雷特毕竟还是一个伟大时代的英雄人物,也做过热情的斗争,但普鲁弗洛克在现代社会中,至多只能扮个小丑的角色。

服服帖帖，能派点用处也就知趣，
考虑周到，小心翼翼，战战兢兢，
满口华丽的词藻，但有一点愚笨，
有时，几乎是个丑角。

我老了……我老了……①
我要把我的裤脚卷高了。②

我要我的头发往后分？③我真敢吃桃子？
我将漫步在海滩上，穿白法兰绒裤子。
我听到过美人鱼彼此唱着曲子。④
我想她们不会为我歌唱。

我看到过美人鱼骑波驰向大海，
梳着被风吹回的白发般波浪，
当狂风把海水吹得又黑又白。

我们在大海的房间里逗留，⑤
那里海仙女佩带红的、棕的海草花饰，
一旦人的声音惊醒我们，我们就淹死。

---

① 艾略特说过他在写这行诗时想到了莎士比亚戏剧中的一个人物，福斯塔夫的一句话："英国没上绞架的好人不到三个，其中一个是胖子，而且在变老。"(《亨利四世》)福斯塔夫确是"满口华丽的词藻，但有一点愚笨"，一个非英雄角色。
② 当时卷裤脚的裤子被认为是时髦的。
③ 当时往后分头发也被视作放荡不羁。
④ 从这一段起，读者可以看到普鲁弗洛克已开始安于他扮演的角色，但海滩上的女郎在一刹那间又突然转化为美和力的幻象，与普鲁弗洛克的世界迥然不同。
⑤ 在最后几行里，普鲁弗洛克不是"逗留"在女士们的客厅，而是在"大海的房间里"，那里海仙女围着他，这当然只是梦或幻想。"人的声音惊醒我们"，醒了就意味着回到人世来，而这里的现实生活似乎要把人们"淹死"一样。诗人突然用"我们"一词，表示普鲁弗洛克的情况不是个别的，而是普遍的。

一个哭泣的年轻姑娘

姑娘,我该怎样称呼你呢……①

站在台阶最高一级上——
倚着花园中的一只瓮——
梳理,梳理着你秀发中的阳光——
痛苦地一惊,将你的花束抱紧——
又将花束扔地,然后转身,
眼中一掠而过哀怨:
但梳理,梳理着你秀发中的阳光。
就这样我愿意让他离开,
就这样我愿意让她伫立,悲哀,

---

① 据艾略特的朋友回忆,1911年艾略特参观意大利的一个博物馆,在馆中看到一块雕有一个哭泣的年轻姑娘的石碑,但他找不到说明词,于是写下这首诗,并在诗的上面引了阿尼斯对维纳斯的一段话:"姑娘,我该怎样称呼你呢?"一般认为,这是艾略特让读者去思考诗的真正内涵是什么,小诗中三个人物——姑娘、那离开她的人(爱人)和诗人,很微妙地共处在戏剧性场景中;视角在变换,意识在流动,诗人和情人有时合二为一,场景也随着段落而变化,整首诗是种微妙的象征。第一节塑造了一幅美和痛苦的图景,从诗的创作过程来看,我们可以这样理解:诗人幻想着情人分手的情景,是这幻想的第一幕的导演,要姑娘摆出一种浪漫主义的姿势,第一节的折使语气说明了此点。接着,第二节明了地将诗人(情人)的想法写了出来,诗的虚拟语气提示这个场景仅存在于幻想之中,诗人和情人的双重身份故意写得含混。"我愿意找到一条无可比拟的轻娴途径"一句,既可视作诗人在研究他的创作,也能理解为以一个情人的身份,他在考虑怎样和姑娘分手。第三节中,姑娘真的转身去了,并无诗人幻想中罗曼蒂克式的夸张,"深秋的气候"暗示着肃杀的场景,诗人依然是苦恼的,美和痛苦的幻象重新萦回在他眼前。

就这样他愿意远遁，
像灵魂离开那被撕碎和擦伤的躯体，
像大脑遗弃它曾使用过的身子。
我愿意找到
一条无可比拟的轻娴途径，
一种你我两人都能理解的方式，
简单而无信，恰如握手和一笑。

她转过身去，但随着深秋的气候，
许多天，激发着我幻想，
　　　　许多天，许多小时；
　　　　她的头发披在臂上，她的臂上抱满鲜花。
　　　　我真诧异这一切怎么会在一起！
　　　　我本应失去一个姿势和一个架子。
　　　　常常这些沉思默想依然
　　　　在苦闷的午夜和中午的休息时使我惊讶。

空心人 (1925)

给那老家伙一个便士[①]

一

我们是空心人
我们是稻草人
互相依靠
头脑子塞满了稻草。唉！
我们在一起耳语时
我们干涩的声音
毫无起伏，毫无意义
像风吹在干草上
或像老鼠走在我们干燥的
地窖中的碎玻璃上。

有声无形，有影无色
瘫痪了的力量，无动机的姿势

[①] 这是孩子们向父母要钱时的话，老家伙即指福克斯，福克斯的形象在诗中多次暗示性地出现，第十行中"干燥的地窖"，第十六行中"狂暴的灵魂"，以及第五章中描写的影子的运动，都与他有关系。

那些已经越过界线①

目光笔直,到了死亡另一王国的人

记得我们——如果稍稍记得——不是

作为迷失的狂暴的灵魂,而仅是

作为空心人

作为稻草人。

二

我不敢在梦里见到的眼睛②

在死亡的梦的王国里

这些眼睛没有出现:

那里,③眼睛是

一根断裂的柱子上的阳光

那里,是一棵树在摇晃

而种种嗓音是

风里的歌

比一颗消逝中的星

更加遥远,更加严峻。

在死亡的梦的王国里

让我别再移近

让我还穿戴上

---

① 艾略特这里显然受到了但丁的影响。但丁在《神曲》历程中经历了三个不同的区域:地狱、炼狱、天堂。空心人似乎应是地狱中的人。
② 在《神曲》中,但丁不敢与贝特丽丝的眼睛相遇,因为那使他想起他对她的世俗之爱以及不忠。
③ 死亡的梦的王国里的幻景。

这些费尽心机的伪装

老鼠的外衣,乌鸦的皮毛,画掉的诗节

在一片田野里

移动像风那样移动

别再近些——

不是在暮色的王国里

那最后的相逢①

三

这是死去的土地②

这是仙人掌的土地

这里升起石像

这里它们接受

一个死人的手的哀求

在一颗消逝中的星星的闪烁下

它是这样的吗

在死亡的另一个王国里

独自醒来

在那个时刻——我们

因为柔情而颤抖不停

本想接吻的唇

---

① 但丁最后见到贝特丽丝了,但对他这是一次充满畏惧的相逢,因为他想起了自己的过失。
② 这是"荒原"的景象,石像指异教崇拜。

将祈祷形成了碎石

四
眼睛不在这里
这里没有眼睛
在垂死之星的山谷里
在这个空空的山谷里
我们失去的王国的破损的下颚

在这最后的相逢之地
我们一起摸索
我们躲避言语——
被聚在河水暴涨的沙滩上

一无所见,除非
眼睛重新出现
像死亡的暮色王国中的
永恒的星星
多瓣的玫瑰
空洞洞的人
才有的希望

五
这里我们围着多刺的梨树走①

---

① 这节是对一首童谣的戏仿。

多刺的梨树,多刺的梨树
这里我们绕着多刺的梨树走
在早晨五点钟

在思想
和现实中间
在动机
和行为中间
落下了阴影
  因为你的是王国

在概念
和创造中间
在情感
和反应中间
落下了阴影
  生命十分漫长

在欲望
和痉挛中间
在潜在
和存在中间
在精华
和糟粕中间
落下了阴影
  因为你的是王国

因为你的是

生命是

因为你的是

世界就是这样告终

世界就是这样告终

世界就是这样告终

不是嘭的一响,而是嘘的一声。

玛丽娜*

"这是什么地方,什么区域,世界的什么角
　　　落?"①

哪些海洋哪些海岸哪些礁石哪些岛屿
哪些海水轻轻拍打船舷
松树的芳香和画眉的歌声透过浓雾
哪些意象回旋
噢,我的女儿
那些磨尖狗②的牙齿的人,意味着
死亡
那些与蜂鸟的光彩一起闪耀的人,意味着
死亡
那些端坐在满足的猪圈中的人,意味着
死亡

---

* 这首诗取材于莎士比亚戏剧《泰尔亲王配力克斯》。戏中亲王的女儿玛丽娜生在船上,但于旅途中遗失,亲王认为她已经死去,后来玛丽娜长成一个姑娘,奇迹般地回到父亲身边。艾略特认为"相认"这一幕是很了不起的,是"纯戏剧化的完美范例"。评论家一般认为艾略特借用这一戏剧场景,描述他自己在宗教中找到生活的真正意义,因此也是一种失而复得的狂喜。
① 出自西奈卡(生年不详,约死于公元前65年)的悲剧《赫丘力斯》。赫丘力斯在因朱诺引起的一场疯狂中杀害了全家后,渐渐醒悟到自己的罪行时,说了这段话。艾略特用这段引语,将恐惧变成了新生的惊讶。
② 狗在这里作为威胁和邪恶的象征。

那些享受动物的狂喜的人,意味着
死亡

他们变得轻若鸿毛,为一阵风吹去
一阵松涛,画眉的歌声,浓雾的回旋
在这个恩惠中溶失于空洞

这张脸是什么,更模糊而更清楚①
手臂的脉动,更虚弱而更强壮——
给予或借于?比星星更远,比眼睛更近
窃窃低语和悄悄笑声在树叶间和匆匆的步子中
在熟睡中,那里海浪相遇海浪。

第一斜桅结冰断裂,油漆过热而剥落。
我做了这次航程,我已忘却,
现在又记起。
索具脆弱,船帆腐烂
在一个六月和另一个九月之间。
做得无人知晓,也仅仅意识到一半,秘密的,我自己的。
龙骨翼板的外板漏水,船缝需要堵紧
这个形式,这张脸庞,这种生活
活着为了生活在一个超越自我时间的世界里;让我
为这种生活摒弃我的生活,为那没说的词摒弃我的词,

---

① 这几行也可指剧中父亲刚看到他女儿的情景。

那苏醒的,嘴唇张开,那希望,那新的船只

哪些海洋哪些海岸哪些花岗岩岛屿向着我的
　船骨
画眉透过浓雾婉转
我的女儿。

给我妻子的献词*

这都归功于你——那飞跃的欢乐
使我们醒时的感觉更加敏锐
那欢欣的节奏，统治着我们睡时的安宁，
　　合二为一的呼吸。

爱人们散发着彼此气息的躯体
不需要语言就能思考着同一的思想
不需要意义就会喃喃着同样的语言。

没有恶劣的严冬寒风能够冻僵
没有愠怒的赤道炎日能够枯死
那是我们且只是我们玫瑰园中的玫瑰。

但这篇献词是为了让他人读的
这是公开地向你说的我的私房话。

---

*这是艾略特写给他第二任妻子法莱丽的。

高女郎与我一起玩 *

我爱高女郎。我们面对面站,
她一丝不挂,我也一样;
她穿高跟鞋,我光脚,
我们的乳头轻轻相贴,又痒
又烧。因为她是高女郎。

我爱高女郎。她坐我膝上,
她一丝不挂,我也一样,
我刚够把她的乳头含在唇间,
舌尖爱抚。因为她是高女郎。

我爱高女郎。我们在床上,
她仰躺,我身子在她上面伸展,
我们躯体的中间更互相不停地忙,
我脚趾玩她的,她舌尖逗我的
所有的部位都欢乐。因为她是高女郎。

我的高女郎跨坐在我膝上,

---

* 这也是艾略特写给他第二任妻子法莱丽的,她在遗嘱里规定,这首诗要在她去世三年后才能正式发表,因此近年才问世。

她一丝不挂，我也一样，
我们躯体的中间互相不停地忙，
我抚摸她的背，她修长、白皙的腿。
我们俩都幸福。因为她是高女郎。

[英国] W.H. 奥顿

　　W.H. 奥顿（1907—1973）出生于英国的约克郡。二十年代末，在紧随着艾略特之后的一代诗人中，他很快就成了最活跃、最有影响的一个。他深受现代主义的影响，却又兼收并蓄，能够驾驭各种诗体，无论是古老的英国民谣体，还是现代的美国布鲁士，在他笔下都能运用自如，恰到好处。奥顿的早期作品中明显地有着较左的政治倾向，还到过中国，为中国人民的抗日战争发出了他自己的声音。四十年代以后，奥顿移居美国，诗风有较大的变化，诗的意象更为清晰，风格更有节制，但同样写出了一批优秀的作品。

艺术馆 *

描绘灾难，他们从来不会出错，
那些古老的大师，对灾难在世界中的
位置理解得多深；怎样灾难降临时
另一个人正吃饭、开窗，或沉闷地散步；
怎样上了年纪的人在虔敬地、激情地等待
那神奇的诞生，总会有一些孩子
却并不是特别想让这事发生，
在林子边的池塘上溜冰：
大师们从不会忘记，
甚至是可怕的殉难也得一步步进行下去，
在角落里，在一个乱糟糟的场所，
那里，狗继续过着狗的日子，施酷刑的马
在树上摩擦着无知的马屁股。

举个例子，在布鲁格海尔的《伊卡路斯》中，
怎样一切都悠闲地对灾难转过身，耕夫
也许听到了溅水的声响，孤独的呼喊，

---

* 诗写的是布鲁塞尔的艺术馆，提到芬兰画家彼得·布鲁格海尔（约 1525—1569）的一幅名画《伊卡路斯》。在希腊神话传说中，伊卡路斯是巧匠达特勒斯的儿子，他们一起用蜡制的翅膀飞上了天空，但伊卡路斯太大胆地飞近太阳，蜡翅膀在阳光中融化，摔下来死了。在《伊卡路斯》这幅画中，画的一个角落是伊卡路斯的腿正消失在水中，但画中其他的内容却与这正发生的悲剧毫不相干。

但对他,这不是什么要紧的失败,太阳
照着,总得照在消失在绿色海水中的
白晃晃腿上,那昂贵精致的船肯定见到了
某件惊奇的事,一个孩子从空中坠落,
但船有自己的目的地,得平静地继续前驶。

怀念叶芝*

1
他消失在死气沉沉的寒冻中：
溪流结冰，机场上几乎不见人影，
大雪模糊了露天的雕像，
水银柱跌落在垂死日子的口腔中。
哦，所有的仪器都一致表示，
他去世的那天暗淡又寒冷。

远离他的疾病，
狼群匆匆奔过常青的林子，
乡间河流未受时髦的码头诱惑；
哀悼的语言
把诗人的死亡与他的诗篇隔开。

但对他，这是他自己最后的下午，
一个尽是护士和流言的下午，
他躯体的各个省份纷纷叛变，

---

* 这首诗有不同的版本，在稍后的版本中，奥顿自己删掉了第三段中的二、三、四节，译诗按多数选本保留了这几节，其中提到的英国作家吉卜林（1865—1936），一部分作品有为帝国主义辩护的倾向，法国作家保尔·克劳德尔（1868—1955），观点相当右倾。

他头脑的广场中荒无人迹,
寂静侵入四周郊野,情感水流
停了,他变成了他众多的崇拜者。

如今他散落在上百座城市中,
彻底交给了不熟悉的感情:
在另一片林子中寻找他的欢乐,
在另一种良心的法典下接受判决,
一个死者的话语
在生者的勇气中得到修正。

但在明天重要性和嘈杂声中,
当掮客在交易所地板上像野兽般咆哮,
当穷人们遭受他们已相当熟悉了的磨难,
当一个人在自己的囚室里几乎相信了他的自由,
成千个人将会想着这一天,
就像一个人想着做了某件稍为不同的事的一天。

哦,我们所有的仪器都一致表示,
他去世的那天暗淡而寒冷。

2

你与我们一样蠢,你的才赋却比这一切
活得更长:贵妇的教堂,肉体的衰颓,
还有你自己。疯了的爱尔兰伤你,让你写诗,此刻爱尔兰依然有她的疯狂与坏天气。
因为诗不会使任何事发生,诗活下去,
活在话语的峡谷里,那里官吏们
决不会想到去干预,诗流向南方,
流自孤独的牧场,流自忙碌的悲哀,
流自我们信、也死在其中的粗野城市,诗活下去,
一种发生的方式,一张嘴。

3
大地呵,请接纳一个尊贵的客人;
威廉·叶芝在此安寝:
就让这条爱尔兰船
卸下它装载的诗歌吧。

这不能容忍英雄气概
以及天真的时代呵,
也会在一个星期中
对一具美好的躯体冷漠,

崇拜语言,却原谅
每一个凭此活着的人;
宽赦懦弱、狂妄自大,
把荣誉铺在他们脚下。

这个时代用如此奇怪的借口

原谅吉卜林以及他的观点,
还会原谅保尔·克劳德尔,
原谅他,仅因为他写得出色。

在那黑暗的梦魇中,
全欧洲的狗都在吠个不停,
那些残存的国家还在等待,
但又为各自的仇恨隔绝开来。

在每一张脸上,智性的
羞耻都在向人们瞪视,
怜悯的海洋深锁在、
冻结在每一只眼睛中。

跟上,诗人,一直跟着,
直跟到黑夜最深的底部,
用你一无拘束的声音
依旧使我们鼓舞欢欣;

用一首诗的辛勤耕耘
来把诅咒变成葡萄园,
在一阵痛苦的狂喜中,
歌唱人类的种种失败。

在心的一片片荒野中，
让治愈的泉水开始喷涌，
在他岁月的监狱中，
教自由的人怎样去赞颂。

法律,像爱情

法律就是太阳,园丁们声称,
法律是所有的园丁们
都必须服从的一样东西,
明朝,昨天,今日。

法律是古老的智慧,
虚弱的祖父们无力地责备;
子孙们吐出尖锐的舌头,
法律是年轻人的种种感受。

法律,牧师一副牧师模样地讲,
向不虔诚的人们解释不停,
法律是我牧师书中的词章,
法律是我的布道台,我的教堂尖顶。

法律,法官说着往下看,
发音清楚,吐字严峻,
法律是我已告诉过你的这般,
法律是你知道我所认为的那样,
法律只是让我再解释一遍

法律就是法律。

可守法的学者这样说:
法律说不上对或错,
法律只有关那些罪行
被时间和地点严惩;

法律是人们所穿的衣服,
任何时间,任何地点,
法律是早安和晚安。

其他人说,法律是我们的命运;
其他人说,法律是我们的国家;
其他人说,其他人说,
法律再不存在,
法律已经消失。

还有永远大声、愤怒的人群,
那么愤怒,那么大声,
法律是我们,
还有永远温柔的白痴柔声说,是我。

如果我们知道,亲爱的,关于法律,
我们知道的并不比他们多,
如果我并不比你更多知道

什么我们该做不该做，
除了大伙都同意
欢喜地或苦恼地同意
法律就是法律，
而所有知道这点的人
因此认为：把法律与另一个词
等同起来是荒谬无比，
与这么多人不一样
我不能再说法律就是法律。

我们不比他们能更多抑制
那要去猜想的普遍欲望，
或溜出我们自己的位置，
溜入一个漠不关心的状况。
虽然我能至少限制
你的和我的虚荣，
小心地说着
一种小心的相似，
我们还是会自吹自擂：
像爱情，我说。
像爱情，我们不知道哪里或为什么，
像爱情，我们不能逼迫或驾驭，
像爱情，我们常常哭泣，
像爱情，我们很少保持。

［英国］路易斯·麦克尼斯

路易斯·麦克尼斯（1907—1963），英国著名现代抒情诗人。早在三十年代，他就与奥顿齐名，与奥顿、斯潘德、刘易斯合称为牛津四才子，现在已被公认为是奥顿之后最重要的英国诗人。很难把麦克尼斯一定划入什么现代诗歌流派，但他的诗充满了现代意识和感性，对西方社会的危机、荒诞和复杂性有着清醒的认识。他作品的旋律往往是一种有节制的凄凉，却不流于肤浅的伤感，更常常把个人的悲哀与时代的悲哀融为一体。他的抒情诗在语言、形式、节奏上读起来都十分优美，同时又蕴含着深沉的思想。

花园中的阳光

花园中的阳光
渐渐硬了、冷了,
在金子织成的网中,
我们捕不住那分分秒秒,
当一切都已说清,
我们无法乞求原谅。

我们的自由像自由的矛
投出去,飞向终点;
大地逼迫,诗行以及
麻雀都纷纷坠落地面,
哦我的伙伴,很快
我们将没有时间舞蹈。

天空让你高高飞起,
挑战教堂的钟声,
以及每一处邪恶的
汽笛警报传达的内容:
大地逼迫不停,

我们要死了,埃及,要死了。①

再不期望什么原谅,
心又一次硬了、裂了,
但还乐意与你——在雷电中,
在暴雨下,坐在一起,
而且充满感激,
因为花园中的阳光。

---

① 参见莎士比亚戏剧《安东尼与克里奥帕特拉》中安东尼的最后一段话:"我们要死了,埃及,要死了。"据一些批评家的说法,《花园中的阳光》写于1936年,是诗人在与他第一个妻子正式离婚后写给她的。诗人深受打击,但在写这首诗时,还是接受了这段婚姻的失败,并怀着感激的心情怀念着他们一起度过的时光。诗的背景也涉及欧洲的动乱以及西班牙战争,诗中的内容因此同时又超越了个人的层面。

雪

这房间突然色彩绚烂,大凸窗
呈现大团的雪和粉红玫瑰,
悄无声响地依附,又不相容,
世界比我们想象的更突然。

比我们想的更疯狂,越想越疯狂,
无可矫正地多元。我剥着、切着
一只橘子,吐出核,感受到
事物各不相同的沉醉。

那为世界噼啪燃烧的火焰,
比人们猜想的更恶毒、更欢乐——
在舌尖在眼中在耳里在手上——
雪与硕大的玫瑰之间,远不止是窗玻璃。

爱情静静地悬着

爱情像水晶一样静静地悬在床头,
充溢着这宽敞的房间角落。
她依然睡着,黎明的帆桁掠过,呈现
映在红木台镜中的花朵。

哦我的爱,但愿我能
延长激情后这一宁静的时刻,
不是定量配给幸福,而是把这扇门永远
向世界关着,把自己的世界关在其中。

但清晨的浪花苦恼于汩汩作响的分秒,
书籍的名字清晰地来到了书架上,
理性挖掘着责任,于是你就一惊
醒来,开始继续你自己劳碌的生活。

第一辆列车驰过,窗子一阵阵呻吟,
种种声音将施加威吓,你的嗓音变成
在其中合拍的一面鼓,昨夜整整一夜,
却像树液,在饥饿的躯干中抚摸下来,
维护着一夜真正的自我。

[英国] 狄兰·托马斯

狄兰·托马斯（1914—1953）出生于威尔士。他诗中激情的意象，充满暗示、晦涩，却铿锵有力，在艾略特等现代主义诗人一度追求的刻意低调后，仿佛又为英国诗坛迎进了新的浪漫主义高调。不过，他与其他现代主义诗人一样，极端注重技巧，在观念上也深受现代主义的影响。他作品中一个常见的主题是关于生命和死亡的沉思。他甚至说他自己的诗"是走向坟墓道路上的声明"。长期的酗酒毁坏了他的健康，他去世时还不到四十岁。

死亡将不会战胜

死亡将不会战胜。
赤裸裸的死者将与风中的人
和西边的月亮融为一体;
当他们骨头被剔净,剔净的骨头也再无残剩,
他们的肘下与脚下将闪耀着星星;
虽然他们发疯,他们将会清醒,
虽然他们沉入海中,他们将重新浮起,
虽然爱人会消失,爱情将会长存,
死亡将不会战胜。

死亡将不会战胜。
久卧在重重叠叠的海涛中,
他们将不会随风消逝;
绑在车轮上,他们抽搐的肌腱
在刑架上快受不住了,他们也不会崩溃;
他们手中的信念会折裂,
独角兽似的邪恶会刺穿他们身躯,
纵容粉身碎骨,他们不会垮掉;
死亡将不会战胜。

死亡将不会战胜。
再没有海鸥在他们耳旁啼叫,
也没有海浪在大声拍打海岸;
那里花朵饱经风吹,再不会
迎暴雨的打击抬起头;
虽然他们彻底疯了、死了,
这些人物的头将会在雏菊中绽露,
在阳光中怒放,一直怒放到太阳坠落,
死亡将不会战胜。

那经过绿色的茎催动花朵的力量

那经过绿色的茎催动花朵的力量
催动我的绿色年华,那摧残树根的力量
也是我的摧残者。
我无言可告佝偻的玫瑰,
我的青春被同样的严寒高热扭曲。

那在岩石中驱动河水的力量
驱动我鲜红的血液,那让喧哗的溪水
干涸的力量也让我的血凝成蜡。
我无言可告我的血脉,
同一张嘴怎样吸在山泉边。

那在水池中搅动水的手
搅动流沙;那驾驭风的手
拖动我尸衣的帆。
我无言可告那将要绞死的人,
绞刑吏所用的石灰怎样来自我的尘土。

时间的唇像水蛭一样贴住泉头,
爱情滴落、积聚,但流掉的血

又将抚慰她的伤痛。
我无言可告一种天气中的风,
时间怎样在星星的周围嘀嗒出天堂。
我无言可告爱人的坟墓,
我床单上蠕动同样邪恶的蛆虫。

不要温和地走进那美好的夜晚

不要温和地走进那美好的夜晚,
老年应当在日暮时燃烧、咆哮,
怒斥,怒斥着光明的气息奄奄。

智慧的人最终懂得黑暗没错,
他们的话没有叉起闪电,他们
不要温和地走进那美好的夜晚。

当最后一浪过去,善良的人高声呼喊
他们点滴事迹本来能怎样舞动绿色海湾,
怒斥,怒斥着光明的气息奄奄。

狂野的人,抓住并歌唱过飞行中间的
太阳,懂得太晚了,在路途中悲伤,
不要温和地走进那美好的夜晚。

严肃的人,接近死亡了,用丧失中的视力在看,
失明的眼睛可以像流星一样闪亮、欢欣,
怒斥,怒斥着光明的气息奄奄。

您啊，我的父亲。在那悲哀的高端，
用您的热泪诅咒我、祝福我，我祷告。
不要温和地走进那美好的夜晚。
怒斥，怒斥着光明的气息奄奄。

[英国] 菲利普·拉金

菲利普·拉金（1922—1985）生于英国的考文垂。他与其他一些诗人在五十年代形成了"运动派"文学运动。他们并没有全然回到现代主义崛起前的英国诗歌传统，一方面重新推崇理性与明朗，另一方面则继承与发展了现代主义的一些基本观念和技巧。拉金是他们中间最杰出，也最有代表性的一个。对现代生活中种种失败和挫折，他的作品有着现实、清醒的观察，却并未丧失激情。他对诗形式的驾驭也极见功力，形式的严谨毫不妨碍思想的表达，更充满了一种深沉和节制的感觉。

日　子

日子做什么用？
日子是我们生活的所在。
日子来临，把我们唤醒，
一遍又接着一遍。
日子，让人们乐在其中：
除了日子，我们还能活在哪里？

哦，这个问题的回答
带来了牧师和医生，
身穿他们长大褂，
急匆匆奔过田野。

写在一位年轻女士影集上的诗行

终于,你还是交出了那册影集,
一打开就让我走神。不同岁月的照片,
有光或无光的,在厚黑的底页上!
太多的甜美食品,太丰富了——
这样充满营养的形象都把我噎住。

我滴溜溜的眼睛渴望一个个风姿——
你梳着辫子,手中抓只不情愿的猫;
或成了可爱的女大学毕业生,身穿皮毛;
或伫立在花棚下,在你的胸前
捧一束沉甸甸玫瑰,头戴软毡帽

(在好几个方面,稍让人心神不宁)——
无论从哪个角度看,你都使我不能自已,
倒不是因为在那些更早的日子里,
这群闲混在你身边不安分的家伙,
他们不够你档次,亲爱的,总起来说。

但是噢,照相!没一种艺术能如此
忠诚而令人失望,把沉闷的一天记录

成沉闷,"摆好"的笑容只是欺骗,
也不会严加审查,不许任何瑕疵通过——
像晾衣服的绳子,或旧时的广告栏,

而是为那只猫摄下不情愿的模样,
下巴双重了,也就呈现阴影。你的
坦诚怎样为她的脸增添了光彩!
无可抗拒地令人信服,真实的
地方,一位真实的姑娘存在。
在每一种意义上,经验得真实!

或那只是过去?那些花,那扇门,
这些雾蒙蒙的停车场和车辆,仅仅
因为是你而使人伤心;你看上去
过时了,我的心猛地收紧。

哦真的,到末了,我们哭泣,
不仅仅因为我们给排斥在外,
而因为这让我们自由地哭。清楚
那过去的一切不会要我们解释
我们的悲哀,无论我们怎样惊呼

眼睛与影集间的鸿沟。于是我只能
为你(没一个有结果的机会可想)
悲伤,平衡在挨着樊篱的自行车上;

琢磨你会不会发现有人在偷
走你这张洗澡时的照片；总之，

把无人能分享的一段过去浓缩，
无论你未来属于谁；宁静，不湿，
照片像天堂似的捧着你，你永远
不变地躺在那里，有多么可爱，
越来越小，越清晰，随着岁月荏苒

救护车

像忏悔室那样紧闭,救护车穿过
城市喧闹的中午,压根儿不对
那些吸引来的目光看上一眼。
有光泽的灰车灯,饰板上的纹章,
救护车会在任何路口停下:
所有的街道早晚要受到访问。

散在台阶或街上的孩子们,
或正从商店里走出的妇女们,
穿过不同的正餐味儿,看到
一张惨白的脸霎间耸现
在那副担架的红色毯子上,
被抬了进去,安放下来,

那种解脱中的空洞感觉,
恰恰在我们所做的一切下面,
在一秒钟内彻底顿悟,
如此永久、茫然、真实。
关紧的门向后退去。可怜的人,
他们在低语着自己的痛苦。

随着死沉沉的空气中给抬走的
会是那突然关闭的丧失,
围绕着某件快要告终的事,
多年来在其中凝聚着
家庭和时尚的混合,
独特而又偶然,那里

最后也开始松散了。远远地
离开爱情的交换,躺在
一个房间里,无法接近,
其他车辆都给救护车让路,
把一定要来的带得更近,
让我们曾是的一切远远失色。

[美国] 摩娜·凡丹

摩娜·凡丹（1921—2004）是美国第一位女桂冠诗人。她擅长在日常生活的场景中捕捉、发掘诗意，在漫长诗歌创作生涯中，她获得了美国所有的诗歌大奖，是新格律主义的领军人物。她也是给了我创作极大帮助和鼓励的一个朋友。《给朱利亚·李·裘》是她在我妻子莉君生女儿裘莉时所写的。在诗里，摩娜显然把莉君称作是她的女儿，"你"则是裘莉，许多细节都来自我们当时的真实生活，如摩娜为我们做的鱼虾杂烩浓汤，如我因为莉君的怀孕推迟去"雅都"写作中心，如莉君生产过程中所遇到的困难；诗是在诗人想象中她——还有我——与正在来到这世界的裘莉之间的对话，其中很大一部分是根据我在产房中与摩娜打电话交谈的内容写成的。裘莉一出生，摩娜与她丈夫贾瓦斯就一起赶到了产院，为孩子的诞生献上了香槟、鲜花以及这首诗。

给朱利亚·李·裘

在期待着你来临的十天前,我们
用鱼虾杂烩浓汤招待你的父母亲,
(盛在鲤鱼碗的汤中,木耳暗暗游——
对你文化传统的致敬!)还有茶和柠檬饼。

前一天清早,响起了电话铃声,
"意外!现在产房里。羊水已破了。
我想孩子也要喝杂烩汤,要快点出生,
可还需一天时间,现在你与莉莉说吧。"

"不太好。痛。"你母亲在本地的
外语补习班里学英语,进步快得惊人。
(你诗人父亲,庞德和艾略特的译者,
先来到此地,在异国的声音中投入诗行。)

高挑、苗条、可爱、年轻,她让我们
带她去选购减价的衣服、先前未有过的
项链和耳环。("打扮好了,[那么年轻]
她问我,'为什么不写爱情、写莉莉?'")

她怀孕了,离家那么远,她的母亲
无法获得签证,没有人能在身边帮忙,
除了你的父亲。他把"雅都"和课程
都放下,全力去跨过出奇陡峭的门槛。

无尽头的白天和夜晚,我们的"女儿"
生产着,在她把身子转过来的陌生、
难以想象、残酷的土地上,相信
能把你带进爱情的国家,充满温馨。

只能是你父母亲两人。没有基因
让我们走近。但友情的电话让我听见,
当分娩课程所教给他们的一切都证明
不是那么一回事,你父亲一遍遍对你喊,

"来到这生命的花园,石头的路径
经过怒放着光荣与宁静的花朵,
斑驳着精神美好追求的光与影,
远离死神黑暗田野中的摧残。

来吧,来到爱情的悲喜剧中,
为每一个身体、灵魂所重新写的
杰作,它的眼泪和笑声其实相近,
像地狱与天堂,像兄长与爱人。

来到我的心、我的诗。来到这世界。
接受林子为你呈现的巨大花束、
欢乐的耀眼托盘,接受钻石项链的
挥霍闪烁,你的礼物来自天空。

来吧,我的女儿,最亲爱的陌生人,
在我和你母亲身上找到那把我们
融合在一起的比喻,来到充满需求的心,
来到需要你火焰的未来、活生生的艺术。"

你慢慢来了,在敞开的门口,多清晰。
有两个小时,你父亲已看到了你的黑发,
"出不来。他们说,也许是孩子
太大了。现在他们只能对莉莉动手术。"

"别担心。""你不担心?"我们的女孩
那么勇敢,尽管恐惧、疲惫、陌生、疼痛,
把自我奉献得更多。"从第一刻起,孩子就多么
美丽,裘。这对莉莉是最好的,医生们懂。"

"这么多黑头发!看上去真像个女孩!
可莉莉身上插这么多管子!"当你母亲
躺着,因为麻醉和疲惫而呕吐、恶心,
我们找车库拍卖;我也跟随年轻的母亲们,

去太多的美国商家挑选一件件婴孩衣服。
我们用香槟和茶为你祝酒,一起与你父亲
低语着透过育婴室窗子看"马槽"中的你,
("你是祖母?""希望是!")"不担心了。

但很奇怪,我不能相信这一切真发生了,是
　　真的
(莉莉相信,始终要孩子,虽然医生们说,
不要拖太久)从破了的羊水中出来,这个
让我捧在手臂中漂亮的黑发女儿?"

后记

我真正开始写诗的日期，大约可以从 1978 年算起。那一年，我考上中国社会科学院外国文学研究所，师从卞之琳先生读硕士研究生。卞先生给我的第一份作业，就是要我自己先写上几首诗，然后再决定是否让我跟他修西方现代诗歌。按他的说法，只有自己写诗，体会诗创作中的甘苦，才能来从事诗歌批评。在英国文学传统中，确实有不少批评家本身又是诗人。在卞先生的鼓励下，我把最初交给他的作业———组创作诗，寄给了《诗刊》杂志，居然还真发表了出来。成了卞先生的研究生，要从事另一种语言中的诗歌批评，自然也得动手翻译诗；同时开始写关于艾略特诗歌批评的硕士论文。对我来说，确实从一开始就是把读诗、写诗、译诗连在一起了。

八十年代中，我翻译的艾略特诗选、叶芝诗选、意象派诗选先后在漓江出版社出版；还出版了一本西方现代主义诗歌评论集子，我自己编选的一本个人创作诗选，原本也计划在八十年代末由漓江出版社出版。《文汇报》的一位朋友还因此写了一篇题为《三位一体》的文章介绍我"几管齐下"的方向。当时我自己也深信，这样一条写诗、译诗的路会一直走下去，就像美国诗人弗罗斯特所写的那样，在雪夜的林中选了一条路，只能走下去，再无其他选择。不过，在现实生活中，却往往不是我们自己在做选择。1988 年，我获福特基金会的研究基金,去美国做一年学术研究。我选了圣路易斯华盛顿大学,计划在艾略特的故乡收集资料,然后回国写关于他的专著。后来的一些变化让我身不由己地修正了原先的计划,留在华盛顿大学读比较文学博士学位,并开始用英文写关于当代中国社会的小说。

或许,这还不算完全偏离原先的路,但写诗、译诗的时间毕竟要少了许多。

诗是没有完全放弃。我让小说中的主人公陈探长在业余时间继续写诗,当然换成了英文写。在一本又一本小说的创作间歇,自己有时也把这些诗翻成中文;或更严格地说,把这些诗用中文再创作一遍。

因此这一次又得感谢漓江出版社所给予的机会,终于能把多年来写诗、译诗的经历做一番回顾,编成一个集子得以出版。

创作诗分成三个部分:"写在中国""写在美国""中美之间",时间上的划分应该很清楚。这些年自己诗歌创作在技巧、风格上都有变化,在此次编排中我大体都保持了原貌,如当初对句式或标点等方面所做的一些探讨。关于"中美之间"的部分稍解释一下。从八十年代末起,我不仅仅经常来回在这两个国家之间,更在这两种语言之间不停转换。这里,可以参照美国语言学家沃尔夫(Benjamin Lee Whorf)的"语言相对论"发挥开去说,不同的语言结构会对该语言的使用者在认知的过程中产生框架式的作用,导致人们用不同的方法去观照世界,带来不同的认识。在这一意义上,语言的独特模式、形态和感性结构,不仅仅是思维的工具,也影响和制约着思维,这尤其会在诗歌中凸现出来。在这许多年的创作与翻译中,我自己始终在有意识地做的一个探索,就是努力在文本中融合中文和英文两种不同的语言感性。再具体一点,也可以说是尝试着怎样把英文诗歌感受表达方式和句式引进中文诗歌，反之亦然。当然，说是这样说了，其实还有很长的一段路要走。或许就像艾略特所说的那样："对于我们，只有尝试。其余不是我们的事。"

至于译诗部分，大多数都是以前在国内学习、工作时翻译、发表过的。诗人与诗篇的选择更多是出于个人当时的偏好，比较集中在现代主义这一段时间。这次编集子时，译文都重新修订了一下。七八十年代作的译文，现在再读，还确实找到一些错译、译得不妥的地方，借此机会改过来，多少也算是对当年的读者表示歉意吧。

无论是写诗还是译诗，我都很幸运地得到了朋友与读者们的鼓励和帮助。如许国梁先生，当年为那本诗集写的序，不仅仅因为我的原因没有刊发，还给他自己带来了麻烦，这份情至今未还；如俞光明先生，在二十多年后，居然还能在他自己保存的旧刊物中找出部分译稿，拍了照通过微信传给我；如一位我不认识的读者，在网上撰文说，他当年太认可我的诗与译诗了，因此对我写的英文小说大感失望……雪泥鸿爪，这些其实不是我一个人的足迹，而是我们共同走过的路。想到他们至今对我仍抱有的期待，希望我尽可能多地写些诗、译些诗，就感到自己还是得把这条路继续走下去，尽管路途中经历曲折、变化。

读者回函

书名：

姓名：　　　　　　　　　　□女 □男　　　年龄：

地址：

电话：

Email：

学历：□高中（含高中以下）□专科 □本科 □研究生及以上
职业：□学生 □自由职业者 □一般职员 □中高级主管 □个体经营者 □其他

请问您平均每月购买几本书？
□4本以下 □4—10本 □10—20本 □20本以上

请问您的阅读习惯是？
□文学小说 □心灵励志 □艺术设计 □生活美学 □戏剧舞蹈 □地理地图
□旅游 □经济 □历史 □建筑 □传记 □宗教哲学 □其他

请问您从何处知道此书？
□书店 □报纸 □书评 □广播 □电视 □网络 □亲友介绍 □其他

请问您在何处购买了本书？
□实体书店 □网上书店

您购买本书的主要原因是？（单选）
□工作或生活所需 □主题吸引 □亲友介绍 □书封精美 □喜欢作者 □促销活动
□媒体推荐 □喜欢漓江出版社 □其他

您觉得本书如何？

书名：□很好 □普通 □待加强

创意：□很好 □普通 □待加强

封面：□很好 □普通 □待加强

内容：□很好 □普通 □待加强

印制：□很好 □普通 □待加强

价格：□偏低 □适中 □偏高

您还想读到哪些著译俱佳的作译者的作品？

您对本书及漓江出版社的宝贵建议：

阅读，让我们相遇
"南环路22号"读者俱乐部欢迎您的到来！

读者朋友您好，认真填写完背面的"读者回函"，有以下几种方式可以找到我们：

1. 沿虚线裁下"读者回函"，找点儿空闲，跑一趟邮局，来一场久违的寄信之旅。我们的地址就在本页下方。等着您——
2. 为"读者回函"拍一张清晰的照片，扫描关注"南环路22号"，第一时间发送过来。
3. 为"读者回函"拍一张清晰的照片，Email给我们。

不论来信，还是扫码，还是电邮的读者，一旦收到您的"读者回函"，即可成为"南环路22号"读者俱乐部的会员。**前50名读者，可获赠样书一册**。

会员特有福利：

No.1 通过"南环路22号"公众号购书尽享折扣，绝对有惊喜！

No.2 第一时间获得新书资讯，满足您爱文学、爱读书的小渴望。您的阅读清单就让我们承包吧！

No.3 成为新书试读员，可参与撰写书评文字，公众号择优发布。您的一字一句，我们都会倍加重视。

地址：广西桂林市南环路22号漓江出版社中外文学编辑部
电话：0773 - 2583397
传真：0773 - 2583000
邮政编码：541002
邮箱：zhongwaiwenxue111@163.com

南环路22号